버지니아 울프
이미애 옮김

지난날의 스케치

A Sketch of the Past

차례

이틀 전, 정확히 1939년 4월 16일 일요일에 바네사가 말했다. 네가 회고록을 지금 시작하지 않으면 머지않아 너무 늙어서 쓰지 못할 거야. 여든다섯 살이 되어 다 잊어버리고 말 테니까. 저 딱한 레이디 스트레치를 봐. 마침 로저의 전기를 쓰다가 넌더리가 난 참이라서 이삼 일간 회고록을 구상하며 오전 시간을 보낼까 한다. 그런데 몇 가지 어려운 문제가 있다. 우선 내가 기억하는 것이 어마어마하게 많고, 두 번째로 회고록 집필 방식은 무수하다는 점이다. 회고록을 많이 읽어 보았으므로 나는 많은 방식을 알고 있다. 하지만 그것들을 살펴보고 장단점을 분석하려면 고작 이삼 일밖에 낼 수 없는 시간을 다 써야 한다. 그러니 시간을 들여 집필 방식을 선택할 것이 아니라 저절로 찾아지리라 믿으며, 그렇지 않더라도 그리 중요하지 않다고 믿으며, 첫 번째 기억부터 스케치하겠다.

제일 먼저 떠오르는 기억은 검은 바탕 위의 붉은 꽃과 자주색 꽃이다. 어머니의 드레스였다. 어머니는 기차나 마차에 앉아 있고, 나는 어머니 무릎에 앉아 있다. 그래서 어머니 드레스의 꽃들이 바로 코에 닿을 정도였다. 지금도 검은 바탕 위의 자주색, 붉은색, 푸른색이 선히 떠오른다. 어쩌면 세인트아이브스에 가는 길이었을 게다. 기울어진 빛줄기로 보아 저녁이었으므로 런던으로 돌아오고 있었을 가능성이 더 크다. 그러나 세인트아이브스로 가는 길이라고 생각하는 편이 문학적으로 편리하다. 그래야 가장 오랜 기억으로 여겨지는 또 다른 기억으로 이어지고, 실은 그것이 가장 중요한 기억이기 때문이다. 인생이 어떤 토대 위에 서 있다면, 인생이 우리가 계속 채워 가는 그릇이라면, 그렇다면 내 그릇은 의심할 바 없이 이 기억 위에 서 있다. 그것은 잠이 들락 말락 한 상태에서 세인트아이브스의 아이 방 침대에 누워 파도가 하나둘 하나둘 부서지며 해변에 밀려오고 노란 블라인드 뒤에서 하나둘 하나둘 부서지는 소리를 들었던 기억이다. 바람이 블라인드를 휘날리며 바닥의 작은 도토리를 끌어가는 소리를 들었던 기억이다. 가만히 누워 철썩이는 파도 소리를 들으며 빛을 보며 내가 거기 있다는 사실을 믿기 어려워하며 더없이 순수한 황홀함을 느낀 기억이다.

지금 이 순간에도 매우 강렬한 내 안의 그 감정을 제대로 써서 전달하려면 몇 시간이나 걸릴 수도 있다. 하지만 (기막힌 행운이 없으면) 실패할 것이다. 우선 버지니아, 나 자신을 묘사해야만 행운을 잡을지 모르겠다.

여기서 회고록 작가들의 고충에 맞닥뜨리게 된다. 내가 읽은 수많은 회고록이 실패작이었던 한 가지 이유가 이것이다. 그 회고록들에는 사건의 당사자인 인물이 제외되어 있다. 인간을 묘사하기가 매우 어렵기 때문이다. 그래서 "이런 일이 일어났다."라고 할 뿐이지, 그 일을 겪은 사람이 어떤 인간인지는 말하지 않는다. 사건의 당사자를 알지 못할 때 사건 자체만으로는 의미가 거의 없다. 그렇다면 나는 누구였을까? 아델라인 버지니아 스티븐은 레슬리 스티븐과 줄리아 프린셉 스티븐의 둘째 딸로 1882년 1월 25일에 태어났다. 유명 인사와 무명인이 포함된 수많은 조상의 후손으로서 나는 친인척이 많은 집안에서 부유하지는 않지만 유복한 부모님 슬하에 태어났다. 대화를 즐기고 학식이 있으며 서신 교환과 방문을 좋아하고 생각을 명확히 표현하는 19세기 말의 사회 집단에서 태어났으므로 내가 굳이 노력을 들인다면 부모님뿐 아니라 숙부와 숙모, 사촌들과 친지에 대해서도 많은 이야기를 쓸 수 있다. 하지만 이런 외적 환경의 어느 부분이, 얼마나 많은 부분이, 내가 세인트아이브스의 아이 방에서 느낀 감정을 일으켰는지 모르겠다. 내가 타인들과 어느 정도나 다른지도 모른다. 회고록 작가가 직면하는 또 하나의 난제는 이 점이다. 자신을 진실하게 묘사하려면 비교 기준이 있어야 한다. 내가 영리한지 어리석은지, 잘생겼는지 보기 흉한지, 열정적인지 냉정한지? 내 재능이나 결함을 타인과 비교할 수 없는 것은 내가 학교에 다닌 적이 없고 또래 아이들과 어떤 식으로든 경쟁한 적이 없기 때문이기도 하다. 그런데 생애 최초의 이 인상, 파도와 블라인드에 끌린 도토리의 기억, 때로 내가 마음속으로 묘사했듯이, 포도 알갱이 속에 누워 반투명한 노란 막 너머로 바라본 듯한 느낌이 강렬하게 남아 있는 데는 물론 한 가지 외적 이유가 있었다. 우리가 일 년 대부분을 런던에서 지냈기 때문이다. 그러다가 아이 방이 바뀌면 큰 변화였다. 또 긴 기차 여행을 하다 보면 흥분하기 마련이었다. 어둠과 빛에 수선을 치며 잠자리에 든 기억이 난다.

아이 방을 찬찬히 떠올려 보면, 그 방에는 발코니가 딸려 있고, 칸막이가 있었지만 부모님의 침실 발코니와 연결되어 있었다. 어머니는 흰 가운을 걸치고 발코니로 나오곤 했다. 담벼락 위에 자라는 시계꽃에서 자줏빛 줄무늬가 진 큼직한 별 모양 꽃들이 피었다. 큰 녹색 꽃봉오리는 비어 있기도 했고 차 있기도 했다.

내가 화가라면 이 첫인상을 연노랑과 은색, 녹색으로 칠하겠다. 연노랑 블라인드, 녹색 바다, 은색 시계꽃이 있다. 나는 반투명한 둥근 공 모양을 그릴 것이다. 구부러진 꽃잎, 조가비, 반투명한 것들이 그려질 터다. 구부러진 형체를 통과하는 빛은 보이지만 선명한 윤곽은 드러나지 않을 것이다. 모든 형체가 크고 흐릿할 테고, 보이는 동시에 들릴 것이다. 꽃잎이나 나뭇잎 사이로 소리가 들려오고, 그 소리와 풍경은 분간할 수 없다. 소리와 풍경이 함께 이 첫 인상을 구성하는 듯하다. 침대에 누워 있던 그 이른 아침을 생각하면, 하늘 높이서 내려오는 까마귀의 까악까악 소리가 들린다. 그 소리는 탄력적이고 끈적끈적한 공기를 통해 내려오는 것 같다. 공기에 감싸인 소리는 날카롭거나 또렷하지 않다. 탤런드하우스 위에 감도는 공기가 소리를 사로잡아 끈적끈적한 푸른 베일에 가둔 듯 소리가 천천히 내려온다. 까마귀 울음소리는 하나둘 하나둘 부서지고 철썩이며 밀려났다가 다시 모이는 파도 소리와 분리되지 않는다. 나는 반쯤 깨어 있고 반쯤 잠에 빠진 상태로 거기 누워서 뭐라 형언할 수 없는 황홀을 들이마신다.

그다음으로 떠오르는 기억(이 모든 색깔과 소리의 기억은 세인트아이브스에 모여 있다.)은 훨씬 활기가 넘친다. 아주 감각적인 기억이다. 더 나중에 새겨진 이 기억은 지금도 내 마음을 데운다. 모든 과일이 무르익고, 벌들이 윙윙거리고, 햇빛이 찬란하게 비치고, 갖가지 향기가 동시에 밀려오는 듯이. 만물이 일체를 이루어, 지금도 나를 멈추듯이 그때도 바닷가로 내려가던 내 걸음을 멈추었다. 나는 위쪽에 서서 정원을 내려다보았다. 정원은 길 아래로 움푹 파인 곳에 있어서 사람 머리 높이에 사과가 달려 있었다. 벌들이 윙윙거리고, 붉고 노란 사과가 매달려 있고, 분홍색 꽃도 피어 있고, 회색과 은색 나뭇잎들이 흔들렸다. 윙윙 소리와 콧노래, 냄새, 이 모든 것이 세포막을 관능적으로 짓누르는 듯했다. 이처럼 완벽한 기쁨의 환희가 내 주위에서 넘실거리도록 나는 걸음을 멈추고, 냄새를 맡고, 바라보았다. 하지만 이 환희도 이루 말로 표현할 수 없다. 그것은 황홀경이라기보다는 환희였다.

이 강렬한 그림들(이 풍경에는 언제나 소리가 담겨 있으므로 그림이라는 단어는 적절하지 않다.), 어떻든 이 강렬한 인상들 때문에 나는 또다시 다른 얘기로 빠져든다. 그 순간들, 아이 방에서의 순간과 바닷가로 가는 길에서의 순간은 현재 순간보다 생생할 수 있다. 방금 그 사실을 시험해 보았다. 내가 밖으로 나가서 정원을 가로질렀는데, 퍼시는 아스파라거스 밭을 갈고 루이는 침실 문 앞에서 깔개를 털고 있었다. 하지만 나는 여기서 본 광경, 아이 방과 바닷가로 가는 길을 통해 그들을 보고 있었다. 때로 나는 오늘 아침에 떠올린 기억보다 완벽하게 세인트아이브스로 되돌아갈 수 있다. 여기서 일어나는 일을 마치 그곳에서 바라보는 듯한 상태에 이를 수 있다. 다시 말하면, 내가 잊은 것을 기억이 보충해 주어서, 실제로는 내가 불러일으키고 있지만 차라리 독자적으로 일어나는 것 같다. 어떤 적절한 상태에서는 기억이, 잊었던 것들이 떠오른다. 그렇다면 우리가 아주 강렬하게 느낀 것은 우리 마음과 별개로 존재하고, 실로 지금도 존재하지 않을까? 나는 종종 의아했다. 만일 그렇다면 그것에 접속하기 위한 어떤 기구가 장차 발명되려나? 과거란 우리 뒤편에 늘어선 가로수 길이고, 수많은 장면과 감정이 엮인 긴 리본이다. 저기 가로수 길의 맨 끝에는 여전히 정원과 아이 방이 있다. 여기서 어떤 장면을, 저기서 어떤 소리를 기억할 게 아니라 벽에 플러그를 끼우고 과거에 귀를 기울여야겠다. 1890년 8월을 찾아야겠다. 강렬한 감정은 흔적을 남기기 마련이라고 나는 느낀다. 그것에 다시 접할 수 있는 방법을 찾기만 하면, 우리의 삶을 출발점부터 경험할 수 있을 것이다.

하지만 이 두 강렬한 기억은 매우 단순하다는 특징이 있다. 나 자신에 대한 의식은 거의 없고 감각을 의식할 뿐이다. 나는 황홀함, 환희의 감정이 담긴 그릇일 뿐이다. 어쩌면 아이들의 기억엔 이런 특징이 있고, 그래서 강렬할지 모른다. 나이가 들면 감정에 많은 것이 덕지덕지 붙어서 더욱 복잡해지고 그리하여 강렬함이 줄어든다. 적어도 강렬함은 줄지 않는다 하더라도, 고립성과 완벽함이 줄어든다. 하지만 이렇게 분석할 게 아니라 내가 말하려는 바를 설명하기 위해 현관 거울에 대해 느낀 감정을 예로 들겠다.

탤런드하우스의 현관에 작은 거울이 있었다. 거기 달린 선반에 브러시가 놓여 있던 기억이 난다. 발끝으로 서면 거울에 비친 내 얼굴이 보였다. 예닐곱 살쯤 되었을 때 나는 거울 속의 내 얼굴을 바라보곤 했다. 다만 주위에 아무도 없다고 확신할 때만 거울을 보았다. 부끄러웠던 거다. 그 행위는 자연스럽게 큰 죄책감과 결부되는 듯했다. 왜 그랬을까? 명백한 이유 한 가지가 떠오른다. 바네사와 나는 둘 다 이른바 말괄량이였다. 우리는 크리켓을 하고, 바위를 기어오르고, 나무에 오르고, 옷에 신경 쓰지 않는다고 꾸지람을 들었다. 따라서 거울을 보다가 발각되는 것은 말괄량이의 행동 수칙에 어긋났을 것이다. 하지만 내가 느낀 수치심은 더 깊은 근원에서 비롯된 것 같다. 우리 할아버지 얘길 하자면, 제임스 경은 시거를 한번 피워 보고는 마음에 들자 던져 버렸고 다시는 피우지 않은 사람이었다. 그런 청교도적 기질, 클래펌 종파의 기질을 내가 물려받았으리라는 생각도 든다. 어떻든 거울을 보며 느낀 수치심은 말괄량이 시절 이후로도 평생 지속되었다. 나는 지금도 사람들 앞에서 콧잔등에 분을 바르지 못한다. 옷을 맞추거나 새 드레스를 입고 방에 들어갈 때처럼 옷과 관련된 일에는 지금도 겁이 나고, 적어도 수줍고 겸연쩍고 불편해진다. '아, 줄리언 모렐처럼 새 드레스를 입고 온 정원을 뛰어다닐 수 있다면.' 여러 해 전에 가싱턴에서 줄리언이 꾸러미를 풀어 새 드레스를 꺼내 입고는 토끼처럼 날쌔게 뛰어다녔을 때 나는 생각했다. 하지만 우리 집안의 여자들은 매우 여성적이었다. 빼어난 미모로 유명한 집안이었다. 나는 기억할 수 있는 어린 시절부터 어머니와 스텔라 언니의 미모에 자부심과 기쁨을 느꼈다. 그렇다면 이 수치심은 내가 물려받은 정반대의 본능에서 비롯된 것이 아니라면 무엇일까? 아버지는 스파르타인처럼 엄격하고 금욕적이며 청교도적이었다. 그림을 보는 눈이나 음악을 듣는 귀, 말소리를 감지하는 감각이 없었던 것 같다. 그래서 나(내가 바네사와 토비, 에이드리언을 잘 안다면 '우리'라고 말하겠지만 사람은 형제자매에 대해서도 잘 알지 못한다.)의 사랑, 아름다움에 대한 자연스러운 사랑이 조상에게서 물려받은 어떤 두려움에 의해 억제되었다고 생각하게 된다. 그렇기는 해도 황홀함이나 환희를 자연스럽고 강렬하게, 내 몸과 무관하기만 하면 수치심이나 최소한의 죄의식도 없이, 느끼는 감정은 억제되지 않았다. 그러므로 내가 현관 거울에 비친 내 모습을 보다가 발각될 경우에 느꼈을 수치심에는 다른 요소가 있었음을 알게 된다. 내 몸이 부끄러웠거나 두려웠음이 분명하다. 이를 설명하는 데는 현관과 관련된 또 다른 기억이 도움이 될 것이다. 식당 문밖에 접시들을 세워 두는 평판이 있었다. 내가 아주 어렸을 때 제럴드 덕워스가 한번은 나를 들어 평판에 앉히고 내 몸을 더듬기 시작했다. 내 옷 속으로 확고하고 차분하게 점점 더 밑으로 내려가던 그의 손의 감촉이 기억난다. 그가 멈추기를 얼마나 바랐는지, 그의 손이 내 은밀한 부분에 다가올 때 내 몸이 얼마나 경직되고 뒤틀렸는지 기억할 수 있다. 그러나 그 손은 멈추지 않았고, 내 은밀한 부분도 더듬었다. 분노와 혐오를 느꼈던 것이 기억난다. 그처럼 입 밖에 낼 수 없던 복합적 감정을 어떤 단어로 표현할 수 있을까? 아직도 그 기억이 생생하니 그 감정은 강렬했음이 분명하다. 이는 신체의 어떤 부위에 대한 감정 — 그 부위를 만지면 안 되고, 그것을 만지도록 내버려 두는 건 잘못이라는 — 이 본능적인 것임을 보여 주는 듯하다. 이는 버지니아 스티븐이 1882년 1월 25일이 아니라 수천 년 전에 태어났고, 수천 명의 여자 조상들이 이미 습득한 본능에 처음부터 맞부딪쳐야 했음을 입증한다.

이것은 나 자신의 경우를 밝혀 줄 뿐 아니라 내가 첫 장에서 언급한 문제, 즉 사건의 당사자에 대해 설명하는 일이 왜 그리 어려운지를 밝혀 준다. 사람이란 분명 어마어마하게 복잡한 존재다. 내 얼굴을 보는 것이 부끄러웠던 이유를 최선을 다해 설명했어도 그럴듯한 이유 몇 가지만 찾아냈을 뿐이다. 다른 이유도 있을 것이다. 내가 그것에 관한 진실에 이르렀다고 생각할 수 없다. 단순한 사건이고 내게만 일어난 일이며 그것에 대해 거짓말을 할 이유도 없지만 말이다. 그럼에도 사람들은 이른바 타인의 생애에 대해 글을 쓴다. 다시 말해 많은 사건을 수집하면서 그 당사자인 인간에 대해서는 미상으로 남겨 둔다. 한 가지 꿈을 더 묘사해 보자. 거울 사건과 관련될 수 있기 때문이다. 내가 거울을 들여다보고 있을 때 어떤 무시무시한 얼굴이, 짐승의 얼굴이 내 어깨 위로 불쑥 나타나는 꿈을 꾸었다. 그것이 꿈이었는지 실제로 일어난 일이었는지는 알 수 없다. 어느 날 거울을 보고 있을 때 뒤쪽에서 무언가 움직이며 살아 있는 물체로 보였을까? 확실히는 알 수 없다. 그러나 꿈이었든 사실이었든 나는 거울 속 다른 얼굴을 늘 기억했고 두려워했다.

　이런 것이 내 최초의 기억들이다. 하지만 물론 이 기억들은 내 인생의 기록으로서 오해를 일으키기 쉽다. 기억하지 못하는 것들도 중요할 수 있고 어쩌면 훨씬 더 중요할 수도 있기 때문이다. 하루를 온전히 기억할 수 있다면 어린애의 일상생활이 어떠했는지를 적어도 표면적으로는 묘사할 수 있을 것이다. 불행히도 사람은 예외적인 것만 기억한다. 어떤 것은 예외적이고 다른 것은 예외적이지 않을 이유는 없는 것 같다. 현재 기억하는 것보다 더 기억할 가치가 있다고 여겼을 수많은 일은 왜 잊었을까? 바닷가로 내려갈 때 정원에서 벌들이 윙윙거리던 소리는 기억하면서 아버지가 벌거벗은 나를 바다에 던진 일(스원윅 부인은 그 현장을 목격했다고 한다.)은 왜 까맣게 잊었을까?

여기서 또 다른 이야기로 새나가게 되는데, 내 심리나 다른 사람들의 심리도 조금 설명할 수 있을지 모른다. 이른바 소설을 쓸 때 나는 바로 이 문제, 즉 내 내밀한 기록에서는 비존재라 불러온 것을 어떻게 묘사할 것인가 하는 문제로 종종 좌절감을 느꼈다. 일상적 나날에는 존재보다 비존재가 훨씬 많다. 가령 어제 4월 18일 화요일은 마침 좋은 날이었고, 존재에 있어서 평균 이상이었다. 날씨가 맑았고, 나는 이 글의 첫 장을 시작하면서 즐거웠고, 로저의 전기를 쓰는 부담감에서 벗어나 홀가분했다. 나는 마운트미저리를 넘어 강을 따라 걸었다. 바닷물이 빠진 것을 제외하면 내가 늘 세밀히 살펴보는 그 시골 풍경은 내가 좋아하는 색깔을 띠었고 그늘이 드리워져 있었다. 버드나무들이 있었는데 푸른 배경에 깃털 모양의 연녹색과 자주색 이파리가 달려 있던 기억이 난다. 나는 또 초서를 재미있게 읽었고, 마담 드 라파예트의 회고록을 읽기 시작했는데 흥미로웠다. 그렇지만 이처럼 서로 다른 존재의 순간은 더 많은 비존재의 순간에 묻혀 버렸다. 레너드와 점심을 먹을 때나 차를 마실 때 무슨 이야기를 했는지는 이미 잊었다. 좋은 날이었지만 그 좋음은 별다른 특징이 없는 일종의 목화솜에 묻혔다. 늘 그렇다. 우리는 하루를 살아가며 많은 부분을 의식하지 않는다. 걷고, 먹고, 사물을 보고, 할 일을 처리하고, 고장 난 진공청소기를 수리하고, 저녁 식사를 주문하고, 메이블에 주문서를 쓰고, 세탁하고, 저녁 식사를 요리하고, 책을 제본한다. 나쁜 날에는 비존재의 비중이 훨씬 커진다. 지난주에 미열이 났을 때는 거의 온종일 비존재의 상태였다. 진정한 소설가라면 어떻든 이 두 가지 존재를 전달할 수 있다. 제인 오스틴은 할 것이다. 트롤럽도, 어쩌면 새커리와 디킨스, 톨스토이도. 나는 둘 다를 전달할 수 없었다.『밤과 낮』,『세월』에서 시도해 보았지만. 그렇지만 문학에 관한 얘기는 잠시 제쳐 두겠다.

그렇다면 내 어린 시절의 일상적인 나날은 지금과 똑같이 이 목화솜, 이 비존재로 대부분 채워져 있었다. 세인트아이브스에서 한 주가 지나고 또 한 주가 지나도 내 의식에 흔적을 남긴 것이 전혀 없었다. 그러다가 왠지 모르게 갑자기 격렬한 충격이 가해졌다. 너무 격렬하게 일어난 일이라서 평생 잊히지 않았다. 몇 가지를 들자면 우선 내가 잔디밭에서 토비와 싸울 때였다. 주먹으로 서로를 연달아 때리고 있었다. 그런데 그를 치려고 주먹을 들었을 때 갑자기 이런 느낌이 들었다. 왜 다른 사람에게 아픔을 주는가? 나는 즉시 손을 떨구고 가만히 서서 그가 나를 때리도록 내버려 두었다. 그때의 감정이 떠오른다. 절망적인 슬픔이었다. 무시무시한 무언가를 의식하고 내 무력함을 깨닫게 된 것 같았다. 나는 몹시 울적한 기분으로 슬그머니 물러났다. 두 번째 충격도 세인트아이브스의 정원에서 있었다. 현관문 옆의 꽃밭을 바라보고 있는데 갑자기 꽃 그 자체가 땅의 일부라는 사실이 명백해 보였다. 꽃으로 존재하는 것을 둘러싼 원이 있는데, 그것이 진짜 꽃이었다. 땅이기도 했고 꽃이기도 했다. 나중에 도움이 될 것 같아서 나는 이 생각을 잘 간직해 두었다. 세 번째 충격도 세인트아이브스에서 있었다. 밸피라는 가족이 세인트아이브스에 머물다가 떠났다. 어느 날 밤에 저녁 식사를 기다리다가 밸피 씨가 자살했다는 부모의 말을 은연중에 엿듣게 되었다. 다음으로는 밤중에 정원에서 사과나무 옆길을 걷던 기억이 떠오른다. 사과나무가 밸피 씨의 무시무시한 자살과 연결된 것 같아 그 나무 옆을 지날 수 없었다. 나는 겁에 질려 거기 서서 쭈글쭈글한 회녹색 나무껍질 ― 달빛이 비치는 밤이었다. ― 을 멍하니 바라보았다. 헤어날 수 없는 절망의 구렁텅이에 불가항력적으로 끌려들어가는 것 같았다. 온몸이 마비된 듯했다.

이것이 세 차례의 예외적 순간이다. 나는 종종 그 순간들을 되풀이해서 말한다. 아니, 그 순간들이 느닷없이 표면에 떠오른다. 그런데 이제 처음으로 그 순간들에 대해 쓰고 나니 전에 몰랐던 것을 알게 되었다. 두 번은 절망적 상태로 끝났다. 반면 하나의 순간은 흡족한 상태로 끝났다. 꽃에 대해서 "저것이 전체"라고 말했을 때 무언가를 발견한 기분이었다. 훗날 되돌아보고 곰곰이 생각하고 탐구할 것을 마음에 담아 둔 느낌이었다. 이제 보니 그것이 크나큰 차이다. 무엇보다도 절망과 만족의 차이였다. 이 차이는 사람들이 서로에게 상처를 준다는 것과 내가 알던 사람이 자살했다는 사실을 알고 느낀 고통을 도무지 해소할 수 없었다는 사실에서 비롯된 것 같다. 두려움에 사로잡혀 무력해졌다. 하지만 꽃을 본 순간에는 이유를 찾아냈고 그래서 그 느낌을 다룰 수 있었다. 나는 무력하지 않았다. 시간이 지나면 먼 훗날에라도 그것을 설명할 수 있으리라고 생각했다. 다른 두 순간보다 그 꽃을 보았을 때의 나이가 더 많았는지는 모르겠다. 다만 여러 예외적 순간들에 특이한 공포를 일으켰고 몸이 맥없이 쓰러졌다는 것을 안다. 이런 순간이 지배하면 나는 옴짝달싹 못하는 것 같았다. 이것을 보면 사람은 나이를 먹으면서 이성을 통해 설명할 수 있는 능력이 커지고, 이런 설명 덕분에 큰 망치로 얻어맞는 듯한 충격이 무뎌지는 것 같다. 그것이 옳을 것이다. 아직도 나는 갑자기 충격을 받는 특이한 습성이 있지만 지금은 그런 충격을 늘 환영하기 때문이다. 처음에 놀라고 나면 곧바로 그것에 특별한 가치가 있다는 느낌이 든다. 그래서 충격을 받아들이는 능력이 나를 작가로 만들었다는 생각을 하게 된다. 충격을 받으면 내 경우에는 당장 그것을 설명하려는 욕구가 일어난다고 과감하게 설명해 본다. 내가 충격을 받았다고 느끼지만, 그것은 어렸을 때 생각했듯이 일상생활의 목화솜 뒤에 숨어 있던 적의 습격인 것만은 아니다. 그것은 어떤 차원의 계시이거나 계시가 될 수 있을 일이다. 현상 이면에 존재할 어떤 실체의 증거다. 나는 그것을 말로 옮김으로써 실재로 만든다. 그저 말로 옮김으로써 완전하게 만든다. 이 완전함은 그것이 내게 상처를 줄 힘을 상실했음을 뜻한다. 말로 옮김으로써 고통을 없앴으므로 나는 단절된 부분들을 결합하면서 큰 기쁨을 얻는다. 이것이 내게 가장 큰 기쁨일 터다. 그것은 글을 쓰면서 내가 무언가의 속성을 발견하고 어떤 장면을 제대로 살려 내고 어떤 인물을 결합할 때 느끼는 환희다. 여기서 이른바 나의 철학이랄까, 어떻든 한결 같은 생각에 이른다. 즉 목화솜 뒤에 어떤 패턴이 숨어 있고, 우리 즉 모든 인간은 그 패턴에 연결되어 있으며, 온 세계는 한 편의 예술 작품이고, 우리는 그 예술 작품의 일부라는 생각이다. 『햄릿』이나 베토벤 사중주는 우리가 세계라고 부르는 이 방대한 덩어리에 관한 진실이다. 하지만 셰익스피어도, 베토벤도 없다. 분명, 확실히, 신은 없다. 우리는 단어이고, 음악이고, 물(物)자체다. 충격을 받을 때 나는 이것을 본다.

이 직관은(너무 본능적인 직관이라서 내가 만든 것이 아니라 내게 주어지는 것 같다.) 세인트아이브스의 현관문 옆 꽃밭에서 꽃을 본 이후로 내 삶에 분명 그 잣대를 부여했다. 내가 나를 묘사하려면 그 개념을 상징할 무언가를, 가령 막대자를 찾아야 한다. 그것은 인간의 삶이 몸이나 말과 행동에 제한되어 있지 않고 사람은 늘 배후의 잣대나 개념과 관련해서 살고 있음을 입증한다. 내 개념은 이 목화솜 이면에 어떤 패턴이 있다는 것이다. 그리고 그 개념은 매일 내게 영향을 미친다. 산책하거나 쇼핑을 하거나 혹은 전쟁이 나면 유용할 일을 배우는 대신 지금 글을 쓰면서 오전 시간을 보냄으로써 나는 이것을 입증한다. 글을 씀으로써 나는 다른 무엇보다도 훨씬 더 필요한 일을 하고 있다고 느낀다.

예술가들 모두 이와 비슷하게 느낄 것이다. 삶의 이 모호한 요소에 대해서는 많이 논의된 적이 없다. 그 요소는 거의 모든 전기와 자서전에서, 예술가의 전기와 자서전에서도 배제된다. 디킨스는 왜 소설을 쓰면서 일생을 보냈을까? 그의 개념은 무엇이었을까? 디킨스를 언급하는 까닭은 내가 지금 『니콜라스 니클비』를 읽기 때문이기도 하고, 어제 산책하다가 나의 이 존재의 순간들은 이면에서 윤곽을 형성했고 내 어린 시절의 눈에 보이지 않는 고요한 부분이었다는 생각이 들었기 때문이기도 하다. 그러나 삶의 전면에는 물론 사람들이 있다. 이 사람들은 디킨스의 인물들과 흡사했다. 그들은 희화된 인물이었고 아주 단순하고 대단히 생기발랄했다. 할 수만 있다면 붓을 세 번만 휘둘러도 그들을 그려 낼 수 있을 것이다. 인물을 생기발랄하게 그려 내는 디킨스의 놀라운 능력은 그가 어린애의 눈으로 그들을 보았다는 사실에서 비롯된다. 내가 울스턴홈과 C. B. 클라크, 깁스를 보았듯이.

이 세 사람을 언급한 까닭은 내가 어렸을 때 그들 모두 죽었기 때문이다. 그러므로 그들은 달라지지 않았다. 나는 어렸을 때 보았던 대로 그들을 본다. 아주 늙은 신사인 울스턴홈은 여름철마다 우리 집에 머물렀다. 가무스름한 피부에 뺨은 통통하고 아주 작은 눈에다 턱수염이 있었다. 벌집 모양의 갈색 버들세공 의자가 둥지처럼 그에게 꼭 들어맞았다. 그는 거기 앉아 담배를 피우며 독서하곤 했다. 자두 파이를 먹을 때 과일 즙을 코로 뿜어내서 회색 콧수염에 자주색 얼룩을 만든 것이 그의 유일한 특징이었다. 그것은 우리에게 끝없는 즐거움을 선사했다. 우리는 그를 "털북숭이"라고 불렀다. 불행한 가정생활로 다소 어두운 그늘이 드리워졌기에 우리는 그를 친절하게 대해야 했다. 그는 무척 가난했음에도 토비에게 반 크라운을 준 적이 있다. 그의 아들이 오스트레일리아에서 익사했던 일이 기억난다. 그가 위대한 수학자였다는 사실도 알고 있다. 그와 함께 지내는 동안 그는 단 한 마디 말도 하지 않았다. 하지만 그는 내게 여전히 완벽한 인물로 느껴지고, 나는 그를 생각할 때마다 절로 웃음이 나온다.

  깁스는 그리 단순한 인물이 아니었을 거다. 그의 대머리는 너그럽게 보였고 넥타이를 고리로 묶고 다녔다. 그는 무뚝뚝했고 말끔했으며 꼼꼼했고 턱 밑으로 늘어진 살이 접혀 있었다. 아버지는 그를 볼 때마다 "왜 자네는 못 가는 겐가? 왜 가지 않느냐고?"라며 신음했다. 그는 바네사와 내게 족제비 가죽 지갑을 주었는데, 그 중간 아래쪽으로 길게 잘라진 구멍에서 보물이, 은화가 줄줄이 흘러나왔다. 그가 임종을 맞아 침대에 누워 있던 일이 기억난다. 목은 쉬었고 잠옷 차림이었다. 우리에게 레치의 그림을 보여 주었다. 깁스도 완결된 인물로 보이고 그에게서 큰 즐거움을 느끼게 된다.

C. B. 클라크는 늙은 식물학자였다. 그는 아버지에게 "젊은 식물학자들은 오스먼다를 좋아하지."라고 말했더랬다. 그에게는 여든 살 숙모가 있었는데 뉴포레스트로 도보 여행을 떠났다. 이것이 전부다. 이 세 노신사에 대해 내가 할 수 있는 말은 이게 전부다. 하지만 그들은 얼마나 생생했던가! 우리는 그들을 보고 얼마나 웃었던가! 그들이 우리 삶에 얼마나 큰 역할을 했던가!

또 다른 희화된 인물이 떠오른다. 이 사람에게는 동정심이 흘러든다. 저스틴 노년이라는 몹시 늙은 부인이었다. 뼈가 앙상한 긴 턱에는 솜털이 나 있었다. 꼽추였던 그녀는 마르고 긴 손가락으로 의자들을 더듬으며 거미처럼 걸었고, 대개는 난롯가 안락의자에 앉아 있었다. 나는 그녀의 무릎에 앉곤 했다. 무릎을 위아래로 살짝 흔들면서 그녀는 갈라진 거친 목소리로 "롱 롱 롱 에 플롱 플롱 플롱"을 불렀다. 그러다 무릎이 벌어져서 나는 바닥에 굴러떨어졌다. 프랑스인으로서 새커리 가족과 살아온 그녀는 우리 집을 방문했을 뿐이었다. 그녀는 셰퍼드 부시에서 혼자 살았고 에이드리언에게 꿀이 든 유리병을 갖다 주곤 했다. 그녀가 몹시 가난하다는 것을 알았기에 나는 꿀을 가져오는 게 불편했다. 자신이 환대를 받도록 애쓴다고 느껴졌기 때문이다. 그녀는 "내 쌍두마차를 타고 왔단다."라고 말하기도 했는데, 붉은 합승마차를 두고 하는 얘기였다. 이런 말 때문에도 그녀가 안쓰러웠다. 그녀가 쌕쌕거리며 힘겹게 숨을 쉬기 때문이기도 했다. 유모들은 그녀가 그리 오래 살지 못할 거라고 말했고, 실제로 오래지 않아 그녀는 죽었다. 내가 그녀에 대해 아는 것은 이게 전부다. 하지만 나는 세 노인들과 마찬가지로 그녀를 빠진 것 하나 없이 완벽하게 생생한 인물로 기억한다.

5월 2일…… 이 날짜를 적은 까닭은 이 기록에 적합한 형식을 찾은 것 같아서다. 이 글에 현재가 포함되도록, 적어도 발을 딛을 발판으로 현재를 충분히 포함하기 위해서 말이다. 현재의 나와 과거의 나, 두 사람이 대조되어 드러난다면 흥미로울 것이다. 더욱이 이 과거는 현재 순간에 큰 영향을 받는다. 내가 오늘 쓰는 과거는 일 년 후에 쓸 과거와 다를 수밖에 없다. 하지만 그것을 계획할 수는 없다. 로저의 전기를 집필하다가 휴가를 얻은 셈 치고 간헐적으로 쓰고 있으므로 우연에 맡기는 편이 낫다. 지금으로는 정연하고 정교하게 표현된 예술 작품, 즉 한 가지 이야기가 다른 것으로 이어지고 모든 것이 어우러져 전체를 이루는 작품을 만드는 데 필요한 지독한 노고를 기울일 기운이 없다. 언젠가 예술 작품을 만드는 일에서 벗어나 이 글을 정성 들여 쓰려고 한다.

앞선 이야기를 이어 가자면, 그 세 노인과 한 노부인은 이미 말했듯이 내가 어렸을 때 죽었기에 완결되었다. 그들 중 누구도 계속 살아가며 달라지지 않았다. 내가 달라졌듯이, 그리고 스틸만 가족이나 러싱턴 가족 같은 다른 사람들도 삶이 이어지면서 덧붙여지고 채워져서 결국은 완결되지 못했듯이. 장소도 마찬가지다. 나는 켄싱턴가든을 어렸을 때 보았듯이 볼 수 없다. 바로 이틀 전 쌀쌀한 오후에 그곳을 보았을 때 체리나무들은 우박을 동반한 폭풍의 차갑고 노르스름한 빛 속에서 으스스하게 보였다. 내가 일곱 살이었던 1890년에 켄싱턴가든은 지금보다 훨씬 넓었다. 한 가지 이유를 들자면, 하이드파크와 연결되기 전이었다. 지금은 켄싱턴가든에서 하이드파크로 걸어갈 수 있고, 차를 타고 가서 새로 생긴 매점 옆에 주차할 수도 있다. 그러나 예전에는 브로드워크와 라운드폰드, 플라워워크가 있었다. 과거로 돌아가려고 애써 보면, 글로스터 로드 맞은편과 퀸스 게이트 맞은편에 출입구가 있었다. 입구마다 노파가 앉아 있었다. 퀸스 게이트의 노파는 몸이 가늘고 수척한데 누르스름한 염소 같은 얼굴에 얽은 자국이 있었다. 땅콩과 신발 끈을 팔았던 것 같다. 키티 맥스가 그 노파를 가리켜 "가엾게도 술 때문에 저렇게 된 거야."라고 말했다. 늘 숄을 두르고 앉아 있던 그 노파는 우리 할머니와 약간 비슷하면서도 비슷한 점이 훼손되고 지워진 인물 같았다. 할머니도 얼굴이 길쭉했지만 타피오카 푸딩처럼 부드러운 숄을 머리에 둘렀는데 그 숄은 진주에 자수정이 박힌 브로치로 고정되어 있었다. 다른 출입구에 있던 노파는 둥글고 땅딸막했다. 노파에게는 흔들리는 풍선 다발이 붙어 있었다. 부풀어 올라 쉴 새 없이 바람에 흔들리는 이 탐나는 풍선들을 한 줄로 묶어 쥐고 있었다. 내 눈에 그 풍선들은 어머니의 꽃무늬 드레스처럼 언제나 붉은색과 진홍빛으로 타올랐고, 늘 공중으로 떠올랐다. 일 페니만 내면 노파는 불룩하게 부푼 부드러운 풍선 다발에서 하나를 빼주었고 나는 그것을 잡고 춤추듯이 달려갔다. 그 노파도 숄을 둘렀고 얼굴은 쭈글쭈글했다. 집에 올 때까지 터지지 않아 놀이방에 갖다 놓은 쭈글쭈글한 풍선처럼. 유모와 수니가 그 노파와 말을 주고받는 사이였지만 노파가 무슨 말을 했는지는 들은 적이 없다. 지금 출입구에서 파는 푸른색과 진홍색의 아네모네 꽃다발은 켄싱턴가든 출입구 밖에서 바람에 흔들리던 풍선 다발을 늘 연상시킨다.

입구를 지나서 우리는 브로드워크에 갔다. 브로드워크에

는 특이한 점이 있었다. 세인트아이브스에서 돌아와 처음 산책을 나가면 우리는 늘 그곳을 책잡으며 언덕이 아니라고 말했다. 그렇지만 몇 주 지나면 그곳이 차차 가파르게 느껴졌고 여름이 되면 다시 언덕이 되었다. 플라워워크 뒤쪽의 약간 습한 곳을 우리는 늪이라고 불렀는데, 에이드리언과 내게는 적어도 과거의 신비로운 매력을 간직한 곳으로 보였다. 바네사와 토비가 아주 어렸을 때는 진짜 늪이었다고 사람들이 말했다. 개의 해골이 발견되었다는 것이다. 우리는 그 개가 배를 곯다가 물에 빠져 죽었을 거라고 믿었기에 그곳이 갈대에 덮인 웅덩이였을 거라고 생각했다. 당시 물은 빠졌지만 아직 진흙투성이였다. 그래도 우리 눈에는 과거가 있는 곳이었다. 물론 우리는 그곳을 세인트아이브스 근방의 헤일스타운 늪과 비교했다. 헤일스타운 늪에는 오스먼다가 자랐는데, 뿌리가 둥글납작한 그 두툼한 양치식물을 잘라 보면 나이테가 새겨져 있었다. 나는 펜대를 만들려고 가을마다 오스먼다를 몇 줄기 잘라왔다. 당연히 켄싱턴가든은 언제나 세인트아이브스와 비교되었고, 물론 런던 쪽이 언제나 불리했다. 플라워워크에 이따금 뿌려진 조개껍질을 밟고 자르륵 소리를 내며 즐거웠던 것은 그 까닭이다. 바닷가의 조개껍질처럼 작은 갈빗대 무늬가 있었다. 반면 크로커다일 트리는 그 자체로서 홀로 존재하고, 스페크모뉴먼트 거리의 나무로 아직 그곳에 남아 있다. 땅에 노출된 그 나무의 거대한 뿌리가 반질거리는 것은 그곳을 기어오르던 우리 손에 마찰되었기 때문이기도 하겠다.

겨울에 수없이 산책을 나가서 지루함을 달래려고 우리는 이야기를 만들어 냈다. 같은 장소에 이르면 이야기를 시작하고 서로 돌아가면서 이야기를 덧붙여 길게 이어 갔다. 짐 조와 해리 호 이야기는 삼 형제가 많은 동물을 거느리고 모험을 떠나는 이야기였는데, 모험의 내용은 기억나지 않는다. 그런데 짐 조와 해리 호는 런던 이야기였고, 베케이지와 홀리윙크스에 관한 탤런드하우스 정원의 이야기보다 못했다. 이 악령들은 쓰레기 더미에서 살고 에스칼로니아 관목 울타리의 구멍으로 사라진다고 내가 어머니와 로웰 씨에게 말했던 기억이 있다. 켄싱턴가든 산책은 지루했다. 런던에서의 일상은 대부분 비존재의 시간이었다. 매일 두 차례 켄싱턴가든을 산책하자면 몹시 단조로웠다. 내게 그 시절은 비존재로 두텁게 덮여 있다. 우리는 온도계와 무관하게 산책을 나갔다. 어쩌다 빙점을 표시하는 작은 눈금 밑으로 기온이 떨어졌지만 우리가 매일 스케이트를 타러 나갔던 1894~1895년 겨울을 제외하면 그런 경우가 흔치 않았다. 스케이트를 타다가 내가 시계를 떨어뜨리자 투박해 보이는 남자가 주워 주더니 돈을 요구했다. 어떤 친절한 부인이 구리 동전 세 개를 주려 하자 그는 은화만 받는다고 말했다. 그러자 부인은 고개를 가로젓고 가 버렸다. 우리는 온도계와 상관없이 산책을 나갔고, 녹색 제복 차림에 금사로 장식된 모자를 쓴 문지기를 지나서 플라워워크를 올라가서는 연못 주위를 돌았다. 물론 우리는 배를 띄웠다. 내 작은 코니시 돛배가 연못 한가운데로 완벽하게 나아가더니, 내가 놀라서 지켜보는 가운데 갑자기 물속으로 가라앉은 날은 대단한 날이었다. "봤니?" 아버지가 큰 소리로 외치며 성큼성큼 다가왔다. 그 광경을 지켜본 우리는 둘 다 놀라워했다. 여러 주가 지나 봄이 되었을 때 그 경이로움이 완성되었다. 내가 연못가를 돌고 있을 때 너벅선에 탄 남자가 연못에서 부평초를 끌어올리고 있었는데 너무나 놀랍게도 그의 그물에 내 돛배가 걸려 올라온 것이다. 내 배라고 말하자 그가 돛배를 건네주었고 나는 집으로 달려가서 이 놀라운 소식을 전했다. 어머니는 새 돛을 만들었고, 아버지는 그 돛을 배에 장착했다. 저녁 식사 후 활대 양 끝에 돛을 붙이던 아버지 모습이 기억난다. 아버지는 대단히 열중했다. 그러더니 약간 코웃음을 치면서 "어처구니가 없군! 이런 일이 이렇게 재미있다니!"라고 말했다.

켄싱턴가든에서 일어난 사건이나 광경의 떠도는 기억을 훨씬 더 많이 모을 수도 있다. 1페니가 있으면 우리는 궁전 옆의 하얀 집으로 달려가서 당시 과자를 팔던 회색 면 드레스 차림의 뺨이 발그레하고 매끄러운 여자에게서 과자를 샀다. 한 주에 한 번은 《팃비츠》를 샀고, 잔디밭에 앉아 초콜릿을 우리 식 표현으로 '물고기 새끼'(1페니짜리 초콜릿은 네 조각으로 나누어졌다.)로 쪼개 먹으며 유머란을 읽었다.(나는 투고란을 제일 좋아했다.) 손수레를 밀고 가파른 모퉁이를 질주하다가 어떤 부인과 부딪혔는데 그 부인의 여동생이 우리를 몹시 야단친 적이 있다. 한번은 섀그를 철책에 묶어 두었더니 어떤 애들이 우리가 잔인하다고 문지기에게 일러바치기도 했다. 당시 이런 사건들은 그리 흥미롭지 않았지만 켄싱턴가든을 끝없이 빙빙 도는 산책을 중단하게끔 도왔다.

그렇다면 흥미롭게 남은 것은 무엇일까? 다시 말해 존재의 순간은 언제였을까? 두 순간이 늘 기억난다. 길에서 물웅덩이를 본 순간이 있었다. 그 순간 왠지 모르게 별안간 모든 것이 비현실적으로 느껴졌다. 내 행동이 정지되었다. 나는 물웅덩이를 건너려고 발을 들 수 없었다. 나는 뭔가에 닿으려 했다…… 온 세계가 현실 같지 않아졌다. 또 다른 순간은 길게 찢어진 눈자위가 불그레한 백치 소년이 고양이 소리를 내며 갑자기 나타나 손을 내밀었을 때다. 속으로 공포를 느끼며 나는 말없이 그의 손에 러시아산 토피 사탕 한 봉지를 밀어 넣었다. 그러나 그것으로 끝나지 않았다. 그날 밤 욕실에서 나는 지독한 공포에 사로잡혔다. 또다시 절망적인 슬픔을 느꼈다. 앞서 묘사했듯이 온몸의 기운이 다 빠져 버렸다. 꼼짝 못 하고 큰 망치에 얻어맞은 것 같았고, 축적되어 산사태처럼 쏟아져 내리는 의미에 피할 도리 없이 노출된 것 같았다. 그래서 꼼짝 못 하고 욕실 한구석에 웅크리고 있었다. 나는 그것을 설명할 수 없었다. 저쪽 구석에서 스펀지로 몸을 문지르고 있는 바네사에게도 말 한마디 할 수 없었다.

켄싱턴가든을 되돌아보면 인내심을 가지고 묘사할 수 없을 정도로 수많은 사건을 떠올릴 수 있지만, 어쩌다 예외적인 경우를 제외하면, 외부 세계에 대한 초점과 비율을 되살릴 수 없다. 어린애는 신기한 초점을 갖고 있는 듯하다. 아이들은 풍선이나 조가비를 아주 또렷하게 본다. 지금도 나는 푸른색과 자주색 풍선과 조가비의 갈빛살 무늬를 기억한다. 하지만 이 초점들은 방대하고 빈 공간에 둘러싸여 있다. 가령 놀이방 탁자 밑 공간은 얼마나 넓었던가! 지금도 그곳은 저 멀리 가장자리에 주름진 테이블보가 늘어진 넓고 어두운 공간으로 보인다. 나는 그 속에서 돌아다니다 바네사와 마주친다. "검은 고양이한테 꼬리가 있어?"라고 바네사가 물었다. 나는 "아니." 라고 대답했고, 바네사가 내게 물어봐 준 것이 뿌듯했다. 그리고 또다시 우리는 그 방대한 공간을 헤매고 다녔다. 아이들의 침실도 무척 넓었다. 겨울이면 나는 잠자리에 들기 전에 난롯불을 살펴보러 살짝 들어가곤 했다. 침대에 누운 후에도 불길이 타고 있으면 무서웠기 때문에 난롯불이 잦아들었는지 확인하고 싶었다. 나는 벽에 너울거리는 불꽃이 무서웠지만 에이드리언은 좋아했다. 타협점을 찾으려고 보모는 난로 울에 수건을 걸어 두었다. 그래도 나는 눈을 뜨지 않을 수 없었고, 깜박거리는 불꽃을 종종 보았다. 그러면 그것을 계속 쳐다보며 잠을 이루지 못했다. 그럴 때는 말동무를 얻기 위해 목소리를 들으려고 자고 있는 바네사에게 "뭐라고 말했어, 네사?"라고 말했다. 어린 시절의 공포는 이러했다. 훗날 토비가 학교에 들어가면서 그의 원숭이 재코를 데리고 자라고 바네사에게 맡겼을 때 우리는 침실 문이 닫히기가 무섭게 이야기를 꾸며 내기 시작했다. 이야기는 항상 이렇게 시작했다. "'귀여운 아이, 클레몽.' 하고 딜크 부인이 말했어." 딜크 가족과 가정 교사 로셀버 양에 관한 엉뚱한 이야기가 이어졌다. 그들이 마룻바닥 밑을 팠더니 금 자루가 나왔다든지 성대한 잔치를 열어 계란 프라이에 "구운 베이컨을 듬뿍 얹어" 먹었다는 얘기였다. 실생활에서 딜크 가족의 재산은 중간 정도의 우리 집 수입과 비교해 볼 때 무척 인상적이었다. 딜크 부인에게는 새 드레스가 아주 많았지만 우리 어머니는 새 옷을 거의 사지 않는다는 것을 우리는 알아차렸더랬다.

수많은 화사한 색깔들, 선명한 소리들, 어떤 인간들, 희화되거나 우스운 사람들, 언제나 둥근 장면에 에워싸인 몇몇 격렬한 존재의 순간들, 방대한 공간에 둘러싸인 모든 것 — 어린 시절을 대강 시각적으로 묘사하면 이렇다. 이렇게 나는 어린 시절을 상상하고, 이렇게 1882년부터 1895년까지 이어진 긴 시간에 이리저리 쏘다닌 아이였던 내 모습을 본다. 그 시절은 신비로운 빛이 창문에서 들어오고 속삭이는 소리가 들리고 깊은 정적에 잠긴 공간이 있는 큰 건물에 비유할 수 있다. 하지만 그 그림에 어떻든 움직임과 변화의 느낌이 끼어들 수밖에 없다. 오랫동안 안정적으로 머무는 것은 없다. 모든 것이 다가왔다 사라지고, 커지다가 작아지고, 서로 다른 속도로 그 작은 아이를 지나가는 느낌이다. 땅속에서 떠밀려 올라온 식물의 줄기가 자라고 이파리가 나오고 꽃봉오리가 부풀어 오르듯이 그 작은 아이는 스스로 멈추거나 변화시킬 수 없이 떠밀려 팔다리가 자라고 나아간다는 느낌을 받는다. 그런 느낌은 묘사할 수 없는 것이고, 모든 이미지를 너무나 정적으로 만든다. 이러이러하다는 말을 하자마자 지나가 버렸고 달라졌기 때문이다. 검은 바탕의 푸른색과 자줏빛의 큰 얼룩을 간신히 구별하던 아기를 십삼 년 후 1895년 5월 5일(날짜까지도 거의 정확히 사십사 년 전) 어머니가 돌아가신 날에 내가 느낀 모든 감정을 느낄 수 있는 어린애로 변화시킨 생명력은 얼마나 엄청난가.

이를 보니 내가 이 스케치에서 빠뜨린 많은 것 중에 가장 중요한 것, 즉 본능이나 애정, 열정, 애착이 배제되었음을 알 수 있다. 처음 의식이 생긴 순간부터 나를 다른 사람들에게 묶어 준 이 감정들은 다달이 달라졌기에 한 단어로 부를 수 없다. 앞서 말했듯이 어린 시절에 중단된 것은 완결되었기에 쉽게 묘사할 수 있다면, 내가 열세 살 때 돌아가신 어머니에 대한 감정도 쉽게 말할 수 있어야 한다. 깁스나 C. B. 클라크의 경우처럼, 훗날의 인상이 더해져 흐트러지는 일이 없이 어머니를 볼 수 있어야 한다. 그런데 그 지론은 그들에게 잘 적용되지만 어머니에게는 완전히 허물어진다. 그것이 희한하게도 허물어지는 까닭을 설명해 보겠다. 어쩌면 어머니에 대한 내 감정과 어머니 자신을 묘사하는 것이 지금 희한할 정도로 어렵게 느껴지는 까닭을 설명하는 데 도움이 될지 모르기 때문이다.

40대에 들어설 때까지 나는(『등대로』를 집필한 시기를 찾아보면 날짜를 정확히 알 수 있겠지만 지금은 태평하기 그지없는 상태라서 애써 찾아보고 싶지 않다.) 어머니에 사로잡혀 있었다. 나는 매일 할 일을 하면서 어머니의 목소리를 듣고, 어머니를 보고, 어머니가 무엇을 하거나 말할지 상상할 수 있었다. 어머니는 결국 생활 전반에 아주 중요한 영향을 미치는 보이지 않는 존재의 하나였다. 이 영향이란 우리에게 작용하는 다른 집단들의 의식을 뜻하는데, 여론이라든가 다른 사람들의 말과 생각, 우리를 이쪽으로 끌어당겨 비슷하게 만들거나 다른 쪽으로 밀어내서 다르게 만드는 온갖 자력을 뜻한다. 그것은 내가 즐겨 읽은 전기들에서 아예 분석된 적이 없거나 극히 피상적으로만 분석되었을 뿐이다.

하지만 그런 보이지 않는 존재들에 의해 이 회고록의 주인공은 평생 어느 날이나 이쪽으로 끌리든 저쪽으로 끌려갔다. 바로 그 존재들이 그를 어떤 위치에 머물게 한다. 사회가 우리에게 얼마나 막강한 힘을 행사하는지, 그 사회가 십 년마다 계층에 따라 어떻게 변화하는지를 생각해 보라. 이 보이지 않는 존재들을 분석할 수 없으면 그 회고록의 주인공에 대해 거의 알 수 없다. 또한 전기를 쓰는 일도 무익하기 그지없다. 나 자신을 물속 물고기로 보면, 방향을 바꾸거나 한자리에 머물 순 있어도 물줄기는 묘사할 수 없다.

가령 케임브리지 사도 클럽이 내게 미친 영향이나 골스워

디, 베넷, 웰스 부류의 소설가들이 미친 영향, 혹은 투표권이
나 전쟁이 미친 영향보다 명확하고 잘 묘사할 수 있는 개인적
인 사례, 즉 어머니의 영향으로 돌아가 보자. 내가 열세 살 때
돌아가셨음에도, 내가 마흔넷이 될 때까지 어머니에 사로잡
혀 있었다는 것은 더할 나위 없는 진실이다. 당시 어느 날 태
비스톡 광장 주위를 산책하다가 나는 때로 소설을 구상할 때
그랬듯이 저절로 밀물처럼 쏟아져 들어온 착상으로『등대로』
를 구상했다. 한 가지가 터지며 다른 것으로 이어졌다. 대롱을
불면 보글보글 일어나는 거품처럼 생각과 장면들이 재빨리
마음속에서 일어나며 모여들어 내가 걸음을 옮기는 동안 입
술이 저절로 움직이는 것 같았다. 그 거품을 불어낸 것은 무엇
일까? 왜 그때 불었을까? 알 수 없다. 그렇지만 나는 그 책을
아주 빨리 썼다. 다 쓰고 나자 어머니에게 사로잡힌 감정이 사
라졌다. 어머니의 목소리가 더는 들리지 않고, 모습도 보이지
않았다.

　　아마도 나는 심리 분석가들이 환자에게 시도하는 치료를
스스로 했던 것 같다. 아주 오랫동안 깊이 느껴 온 감정을 표
현했던 것이다. 그 감정을 표현하면서 설명했고, 그럼으로써
가라앉혔다. 그런데 설명했다는 것은 무슨 뜻일까? 그 소설
에서 어머니를 묘사하고 어머니에 대한 내 감정을 묘사했다
고 해서 어머니에 대한 환영과 감정이 그토록 흐릿해지고 희
미해진 까닭은 무엇일까? 조만간 그 이유를 찾아낼지 모른다.
그렇게 되면 그것을 밝히겠지만 지금은 그냥 넘어가기로 하
고 내가 기억하는 것을 묘사하겠다. 어머니에 대한 기억이 앞
으로 더 흐릿해질 수 있으니.(어머니를 명확히 묘사하는 것이 지금
왜 이토록 어려운지를 조금이나마 설명하기 위해서 잠정적으로 이렇

게 써 둔다.)

　분명 어머니는 아동기라는 그 거대한 대성당의 바로 한가운데 있었다. 어머니는 맨 처음부터 거기 있었다. 내 첫 기억은 어머니의 무릎이다. 어머니의 드레스에 뺨을 댔을 때 목걸이에 긁힌 천의 까칠까칠한 촉감이 되살아난다. 그다음으로 흰 가운을 걸치고 발코니에 있는 어머니의 모습이 보인다. 시계꽃 꽃잎에 자줏빛별이 반짝인다. 어머니의 목소리가 지금도 희미하게 내 귓속을 맴돈다. 단호하고 신속한 말소리와 특히 웃음을 그칠 때 작은 방울처럼 점점 작게 떨어지는 세 번의 "아, 아, 아……" 소리가. 때로 나도 웃음을 그칠 때 그런 소리를 낸다. 에이드리언처럼 어머니의 손가락 끝은 독특하게 네모졌고 중간이 잘록하며 손톱이 넓어졌다.(내 손가락은 크기가 다 같아서 엄지손가락에도 반지를 낄 수 있다.) 어머니는 세 개의 반지, 다이아몬드와 에메랄드, 오팔 반지를 꼈다. 어머니가 우리를 가르칠 때 교재를 가로지르는 오팔 반지의 반짝이는 빛을 나는 뚫어지게 바라보곤 했다. 그 반지를 어머니가 내게 물려주어서 기뻤다.(나는 그것을 레너드에게 주었다.) 어머니가 집안을 돌아다닐 때, 특히 밤중에 우리가 잠이 들었는지 살펴보려고 갓을 씌운 촛불을 들고 2층에 올라올 때면, 로웰에게서 받은 꼬인 은팔찌가 찰랑거리는 소리가 들려왔다. 이 기억은 선명하게 남아 있다. 다른 아이들처럼 나도 때로 눈을 뜨고 누워서 어머니가 와 주기를 갈망했기 때문이다. 옆에 다가온 어머니는 상상할 수 있는 온갖 아름다운 것을 생각하라고 내게 말했다. 무지개와 종을…… 그런데 이런 사소한 기억들 말고, 늘 옆에 있던 어머니의 놀라운 미모를 내가 어떻게 처음 의식했을까? 아마 의식하지 못했을 것이다. 어머니의 아름다움을(어머니란 전형적이고 보편적인 존재였고 우리 어머니는 특히 그러했다.)
우리 어머니이기에 갖고 있는 당연한 속성으로 받아들인 것
같다. 아름다움은 어머니라는 직분의 한 부분이었다. 나는 어
머니의 얼굴을 그 보편적 존재나 어머니의 온몸과 떼어 놓지
않은 것 같다. 세인트아이브스의 잔디밭 옆길을 올라오던 아
담하고 맵시 있는 어머니의 모습이 지금도 눈에 선하다. 어머
니는 아주 꼿꼿한 몸매를 갖고 있었다. 나는 놀이를 중단하고
어머니에게 말을 걸려 했다. 그러나 어머니는 우리에게서 약
간 얼굴을 돌린 채 눈을 내리깔았다. 말할 수 없이 슬픈 그 몸
짓에서 나는 어머니가 병문안 갔던 환자, 선로에서 몸이 부서
진 필립스가 죽었다는 것을 알았다. '끝났어.'라고 어머니가
말하는 것 같았다. 나는 알았고, 죽음을 생각하며 두려움을 느
꼈다. 동시에 어머니의 몸짓이 전체적으로 아름답다고 느꼈
다. 아주 어린 나이에 나는 유모나 우연히 들른 방문객의 말
을 엿듣고 어머니가 대단한 미인으로 간주되고 있음을 알았
을 것이다. 그러나 그때 느낀 뿌듯함은 순수하고 내밀한 감정
이 아니라 속물적이었다. 다른 사람들의 찬사에서 비롯된 우
쭐함이 섞여 있었다. 그것은 어느 날 우리가 저녁을 먹고 있을
때 서로 이야기를 나누던 유모들의 "이 집안은 유력한 친지가
많아."라는 말을 듣고 내가 느꼈던, 한층 분명한 속물적인 자
부심과 관련되어 있었다.

그런데 어머니의 미모를 별도로 치고, 아름다움을 사람
과 분리할 수 있다면, 어머니는 과연 어떤 사람이었을까? 아
주 민첩하고 단도직입적이며 현실적이고 재미있는 사람이었
다. 동시에 퉁명스러웠다고 말할 수 있다. 신랄하게 말하며
가식을 싫어했다. "고개를 그렇게 비딱하게 기울이면 넌 파

티에 갈 수 없어." 어느 집 앞에서 마차가 멎었을 때 어머니가 내게 말한 기억이 난다. 엄격한 어머니의 이면에는 슬픔의 경험이 깔려 있었다. 홀로 빠져들 자기만의 슬픔이 뒤편에서 기다리고 있었다. 우리에게 글쓰기를 연습시키고 나서 책을 읽는 어머니를 나는 이따금 고개를 들고 쳐다보았다. 성경을 읽고 계셨을 것이다. 그때 어머니의 엄숙한 표정에 놀라서 나는 어머니의 첫 남편이 목사였고 그분이 읽던 것을 어머니가 읽으며 그를 추억하는 거라고 속으로 중얼거렸다. 내가 꾸며낸 생각이었지만 어머니가 입을 다물고 있을 때는 그만큼 슬퍼 보였다.

하지만 어머니가 돌아가신 후 어머니에 대한 내 생각(매우 기민하고 명확하며 꼿꼿하고 활동적인 태도 이면에 슬픔과 침묵이 깔려 있었다.)에 영향을 미친 온갖 묘사와 일화에 기대지 않고 어머니에게 조금이라도 더 가까이 다가갈 수 있을까? 물론 어머니는 중심이었다. 중심이라는 단어는 내가 어머니의 분위기에 폭 감싸여 살았고 어머니를 한 개인으로 볼 수 있을 만큼 멀리 벗어난 적이 없다는 전반적인 느낌에 가장 근접할 것이다.(이런 이유로 깁스 가족과 비들 가족, 클라크 가족은 더 또렷하게 보인다.) 어머니는 전체였다. 탤런드하우스는 온통 어머니로 채워져 있었다. 하이드파크 게이트도 어머니로 가득 차 있었다. 성급하고 설득력이 약하고 표현력이 부족한 말이기는 하지만, 어머니가 한 개인으로서 독특한 인상을 어린애에게 남길 수 없던 까닭이 무엇인지 이제는 알겠다. 어머니는 내가 간단히 집합적 삶(우리 모두가 공동으로 생활하는)이라고 부르는 것을 지켜 나갔다. 어머니는 아주 넓은 표면 위에 살았기에 누가 아프거나 아이가 위기에 처했을 때 잠시 관심을 쏟는 것을 제외하면 내게든 그 누구에게든 집중적으로 관심을 쏟을 시간과 힘이 없었다. 에이드리언은 예외였다. 어머니는 에이드리언을 별도로 소중하게 생각했고 내 기쁨이라고 불렀다. 어머니의 처지에 대해 이제 내가 갖게 된 이해심, 훗날 갖게 된 시각을 털어놓아야겠다. 그 시각으로 보면 일곱 자식을 둔 마흔 살 여자가 보인다. 몇 명은 성장한 자식으로서 관심을 요했고, 네 명은 아직 놀이방을 벗어나지 못했으며, 여덟 번째 자식 로라는 백치로 아직 함께 살고 있었다. 열다섯 살 연상인 남편은 완고하고 까다로운 인물로 아내에게 의존했다. 이 모든 것을 유지하고 통제해야 했던 여자는 일고여덟 살 먹은 아이에게 고유한 개인이라기보다는 전반적인 존재로 여겨질 수밖에 없음을 나는 이제 이해한다. 어머니와 단둘이 몇 분 넘게 있던 적이 있었던가? 언제나 방해하는 사람이 있었다. 나도 모르게 어머니를 떠올릴 때 어머니는 늘 사람들이 가득 찬 방에 있다. 스텔라와 조지, 제럴드도 거기 있다. 아버지는 다리를 꼬고 앉아서 머리칼을 움켜잡고 비틀며 책을 읽고 있다. "가서 아버지 수염에 붙은 빵 껍질을 떼어내렴." 어머니가 속삭이면 나는 쏜살같이 뛰어간다. 손님들도 있다. 스텔라를 사랑한 잭 힐스 같은 청년들, 조지와 제럴드의 케임브리지 동창들, 다탁 주위에 앉아 이야기를 나누는 아버지의 친구들, 헨리 제임스, 사이먼즈 같은 노인들(작은 벨벳 공 두 개가 달리고 노란 끈으로 엮은 넥타이를 맨 핼쑥하고 누런 얼굴의 사이먼즈가 세인트아이브스의 넓은 층계에서 나를 유심히 올려다보던 모습이 떠오른다.), 스텔라의 친구인 러싱턴 가족과 스틸만 가족도 있다. 옛 가정 교사가 선물한 푸른 베아트리스 판화 아래 식탁 상석에 앉은 스텔라가 보인다. 농담과 웃음소리, 떠들썩한 목소리가 들린다.

누군가 나를 놀리고 내가 우스운 말을 하면 스텔라가 웃는다. 나는 기분이 좋아진다. 내가 화가 나서 얼굴을 붉히면 스텔라는 유심히 바라본다. 아이다 밀먼이 자기 B.F.라고 말했다고 누군가 바네사를 비웃는다. 어머니가 "베스트 프렌드라는 뜻이야."라고 달래듯이 다정하게 말한다. 바구니를 들고 시내에 나가는 어머니가 보인다. 아서 데이비스가 동행한다. 우리가 크리켓을 하는 동안 현관 층계에서 뜨개질하는 어머니가 보인다. 집달관이 집을 압수하러 오고 선장이 창가에 서서 고래고래 고함을 지르며 주전자와 대야, 요강을 자갈길에 내던졌을 때 윌리엄 부인에게 팔을 뻗었던 어머니가 보인다. "우리 집으로 오세요, 윌리엄 부인." "아니에요, 스티븐 부인." 윌리엄 부인이 흐느끼며 말했다. "내 남편을 떠나지 않겠어요." 런던에서 탁자에 앉아 글을 쓰는 어머니, 은촛대, 발과 분홍색 좌석이 붙어 있고 조각이 새겨진 높은 의자, 세모난 놋쇠 잉크병이 보인다. 외출한 어머니가 가로등이 켜지는 늦은 시각까지 돌아오지 않으면 나는 고통스러운 마음으로 기다리며 어머니가 거리를 따라 내려오는지 확인하려고 블라인드 뒤에서 몰래 내다본다. 어머니가 마차에 치였을 거라고 이내 확신한다.(몰래 내다보는 나를 목격한 아버지가 한번은 내게 사정을 묻고는 "그렇게 불안해하면 안 돼, 지니."라고 좀 걱정스러운 듯이, 그렇지만 꾸짖듯이 말했다.) 내가 마지막으로 본 어머니의 모습이 떠오른다. 어머니는 임종을 맞고 있었다. 내가 어머니에게 키스하려고 들어갔다가 살금살금 방을 나설 때 어머니가 말했다. "몸을 반듯이 하렴, 내 어린 염소야." ……마음 가는 대로 내버려 두면 어머니에 대한 기억이 뒤죽박죽으로 떠오른다. 하지만 전부 다 무리 속에서 사람들에 둘러싸이고, 도처에 퍼져 있는

어머니의 기억이다. 내 어린 시절의 중심에서 흥겹게 돌아간
그 혼잡스럽고 명랑한 세계의 창조자로서 널리 퍼져 있고 어
디에나 존재하는 어머니의 기억이다. 내가 그 세계를 내 기질
이 만든 다른 세계로 에워싼 것은 사실이다. 사실 나는 처음부
터 그 세계 밖에서 많은 모험을 했고, 종종 거기서 멀리 벗어
났고, 그 세계의 많은 것을 가로막았다. 그렇지만 명랑하고 활
발하며 사람들이 북적거리는 가족의 공동생활은 언제나 존재
했다. 그 중심이 어머니였다. 그것은 바로 어머니 자신이었다.
1895년 5월 5일에 그것이 입증되었다. 그날 이후로 가족의 생
활에 남은 것이 하나도 없었다. 어머니가 돌아가신 날 새벽에
나는 놀이방 창문에 기대 서 있었다. 6시쯤이었다. 뒷짐을 진
채 고개를 숙이고 거리를 올라가는 시튼 의사가 보였다. 날아
다니거나 내려앉는 비둘기들이 보였다. 고요, 슬픔, 되돌릴 수
없이 끝났다는 느낌이 들었다. 아름답고 푸르른 봄날 아침이
었고 사방이 정적에 잠겨 있었다. 그 기억이 모든 것이 끝났다
는 느낌을 되살린다.

　1939년 5월 15일. 로저에 관한 일관성 있는 전기를 쓰려
다보니 그 고역이 다시금 견디기 어려워져서 며칠간 중단하
고 1895년 5월을 되돌아보려 한다. 내가 서있는 현재의 작은
층계참에서 바라보면 축축하고 냉기가 도는 날이다. 허물어
지는 이웃집에서 들어온 흙먼지에 뒤덮인 《애서니엄》 평론지
의 논문들과 프라이의 편지들 너머로 하늘빛을 바라본다. 고
개를 들어 보면 하늘은 흙먼지를 반사한 듯 흙탕물 색깔이다.
내면의 풍경도 한가지다. 어젯밤에 마크 거틀러가 우리 집에
와서 식사하면서 이른바 문학을 그림의 진실성과 비교하며

통속적이고 열등하다고 비판했다. "문학은 늘 브라운 씨와 브라운 부인을 다루니까요." 개인적이고 하찮은 것을 다룬다는 얘기였다. 5월 하늘처럼 상쾌하게 자극적이고 냉기가 도는 비평이었다. 어머니의 성품을 보여 줄 수 있으려면 화가가 되어야 할 테고, 제대로 해내는 건 세잔의 그림을 그리는 것 못지않게 어려울 거다.

어머니에 관해 명확한 극소수 사실 중 하나는 어머니가 매우 상이한 두 남자와 결혼했다는 것이다. 일고여덟 살 아이가 아니라 어머니가 돌아가실 때의 나이보다 더 나이 든 여자의 눈으로 어머니를 돌아보면 그 사실에서 포착되는 것이 있다. 어머니는 마모되어 특색이 없어지지 않았고, 자신의 아름다운 얼굴에 지배되지도 않았다. 나중에는 불가피하게 그렇게 되었지만. 사십사 년 전에 49세 나이로 죽은 사람에게 어떤 실체가 남아 있을 수 있을까? 지금 살아 있는 자식 셋과 그들 마음속 기억 외에는 책 한 권도, 그림 한 장도, 그 어떤 업적도 남기지 않은 사람에게. 기억이 남아 있다. 하지만 그 기억을 확인해 줄 것, 그 근거가 되어 줄 것은 없다.

다만 두 번의 결혼이라는 사실이 있다. 이 사실은 어머니가 아주 상이한 두 남자를 사랑할 수 있었음을 보여 준다. 간단히 말하면, 한 사람은 예절의 전형이었고, 다른 사람은 지성의 전형이었다. 어머니는 그 두 사람을 포용할 수 있었다. 이 사실은 어머니의 성격을 측정하는 30센티미터 자로 쓰일 수 있다.

하지만 어머니의 성격을 이룬 요소들은 어슴푸레한 여명 속에서 형성되었다. 어머니는 1848년에 인도에서 태어났을 것이다. 잭슨 의사와 프랑스인 혈통이 절반 섞인 여성의 딸이었다. 교육을 받을 기회는 많지 않았다. 늙은 가정 교사(그녀가 마드무아젤 로즈였을까? 탤런드하우스의 식당에 걸린 베아트리체 그림을 준 사람이 그녀였을까?)에게 프랑스어를 배워서 꽤 유창한 억양을 구사할 수 있었다. 어머니는 피아노를 연주했고 음악적 재능이 있었다. 어머니가 좋아한 책 중 하나인 드퀸시의 『아편 중독자』가 어머니 탁자에 꽂혀 있던 것이 기억난다. 어머니는 생일 선물로 스콧 전집을 골랐고, 외할아버지가 초판본으로 사 주신 그 전집은 일부가 남아 있고 나머지는 분실되었다. 어머니는 스콧을 열정적으로 좋아했다. 어머니는 훈련된 마음이 아니라 본능적인 마음을 갖고 있었다. 그러나 적어도 책에 관한 한 그 본능은 강렬했던 듯하고 나는 그것이 좋았다. 내가 햄릿을 낭독하면서 '슬라이버(조각)'를 '실버(은)'로 잘못 읽었을 때 어머니는 펄쩍 뛰었다. 아버지와 함께 버질을 읽을 때 음절의 장단이 틀리자 아버지가 펄쩍 뛰었던 것처럼. 어머니는 외할머니의 세 딸 중 가장 사랑받았다. 어렸을 때부터 외할머니는 병약했기에 어머니는 간호하고 병상에서 시중드는 데 익숙했다. 크림 전쟁 중에 외가는 웰워크에 있었는데, 히스에서 훈련받는 군인들을 간호했다는 얘기가 있다. 그런데 어머니의 미모는 어린 시절부터 일찍감치 드러났다. 어머니를 경탄하는 시선으로부터 보호하고 자기 미모를 절대 의식하지 못하게 하려고 혼자 외출하는 것을 금지하고 매리를 데려가게 했다는 일화도 있다. 그런데 어머니는 자신의 미모를 거의 의식하지 않았다고 아버지가 말했다. 아마도 미모 덕분에 어머니는 가정 교사에게서 받은 것보다 훨씬 중요한 교육, 인생 교육을 리틀홀랜드하우스에서 받았을 것이다. 어머니는 어렸을 때 리틀홀랜드하우스에서 많이 지냈는데 어느 정도는 그곳에 머물던 화가들에게 좋은 모델로 여겨졌기 때문이었을 것이다. 프린셉 부부, 사라 숙모와 토비 삼촌은 어머니를 자랑스러워했음에 틀림없다.

당시 리틀홀랜드하우스는 어머니의 세계였다. 그 세계는 어떤 곳이었을까? 여름날 오후의 세계일 것 같다. 리틀홀랜드하우스는 넓은 정원에 서 있는 희고 고색창연한 대저택이었을 것이다. 긴 창문들이 잔디밭 쪽으로 열려 있다. 크리놀린을 댄 불룩한 스커트를 입고 작은 밀짚모자를 쓴 숙녀들이 창문으로 밀려 들어오고 팽이 모양의 바지 차림에 턱수염을 기른 신사들이 뒤따른다. 때는 1860년쯤. 뜨거운 여름날이고, 잔디밭 여기저기 놓인 탁자에는 딸기와 크림이 담긴 큰 그릇이 놓여 있다. 사랑스러운 자매 여섯 중 몇 명이 그 다탁을 관장한다. 그들은 불룩한 스커트가 아니라 화려한 베네치아풍 드레스를 입고 있다. 그들은 왕좌에 앉아 이국적인 강한 몸짓을 하며 (어머니도 두 팔을 뻗어 흔들며) 인도의 지배자나 정치가, 시인, 화가 등 (훗날 리턴이 조롱할) 유명 인사들에게 말을 건넨다. 사진에서 볼 수 있듯이 어머니는 목까지 단추가 채워지고 부드럽게 흐르는 줄무늬 실크 드레스 차림으로 창문에서 걸어 나간다. 그들 말대로 어머니는 물론 미의 화신이다. 어머니는 크림과 딸기가 든 접시를 들고 거기 말없이 서 있다. 아니면 지시를 받고 정원을 가로질러 신사분의 화실로 일행을 안내한다. 위대한 와츠의 그림이 걸린 길고 나지막한 방들에서 음악이 흘러나온다. 조아킴이 바이올린을 연주하고 있다. 시를 낭송하는 소리도 들려온다. 토비 삼촌이 페르시아 시인들의 번역본을 읽을 것이다. 나는 회고록들을 읽으며 얻은 장면들로 그 광경을 쉽게 채울 수 있다. 챙 넓은 중절모자를 쓴 테니슨이나 작업복 차림의 와츠, 소년 복장의 엘런 테리, 붉은 셔츠를 입은 가리발디, 가리발디에게서 내 어머니에게 눈길을 돌리는 헨리 테일러를 그 장면에 넣을 수 있다. 헨리 테일러는 "아름다운 소녀의 얼굴은 내게 그 이상이다."라고 시에 썼다. 그러나 어머니에게 눈길을 돌려 어머니의 실제 모습을 찾아내고 어머니가 무엇을 생각하고 있을지 상상하고 어머니의 입에서 흘러나올 문장을 하나라도 표현하기란 얼마나 어려운지! 나는 몽상에 빠져 어느 여름날 오후를 그려 본다.

하지만 그 몽상은 한 가지 사실에 기반한다. 우리가 어렸을 때 어머니는 우리를 멜버리로드에 데려간 적이 있다. 옛 가든에 세워진 거리에 이르자 어머니는 앞으로 달려 나가더니 손뼉을 치며 마치 요정의 나라가 사라진 듯이 소리쳤다. "바로 여기에 그 정원이 있었는데!" 그래서 나는 리틀홀랜드하우스가 실로 어머니에게 여름날 오후의 세계였다고 짐작하는 것이다. 어머니가 토비 삼촌을 존경한 것도 사실이리라. 그분의 지팡이는 위쪽 구멍에 술이 매달렸을 아름다운 18세기 물건이었는데 하이드파크 게이트의 어머니 침대 머리맡에 늘 세워져 있었다. 어머니는 소박하고 무비판적이며 열정적인 영웅 숭배자였다. 아버지는 어머니가 친아버지인 늙은 잭슨 의사보다 토비 삼촌을 좋아했다고 말했다. 점잖은 잭슨 의사는 잘생겼고 놀랍게도 갈기처럼 뻗은 흰 머리칼이 머리 둘레에 삼각 모자 모양으로 나 있었지만 평범하고 세속적인 노인이었다. 그는 캘커타에서 일어난 유명한 독약 사건 이야기로 사람들을 지루하게 했다. 잭슨 의사는 이 시적인 요정의 나라에서 배제되었고, 그 나라를 향해 틀림없이 분개했을 것이다. 어머니는 외할아버지에 대한 애틋한 마음이 없었지만, 어머니의 성격에서 현실적이고 빈틈없는 면은 외할아버지에게서 물려받았을 것이다.

그렇다면 리틀홀랜드하우스는 어머니에게 학교와 다름 없었다. 어머니는 당대 유명 인사들의 일상생활에서 아가씨들에게 주어지는 역할을 하도록 그곳에서 배웠다. 차를 따르고, 딸기와 크림을 건네고, 그들의 지혜로운 말을 공손하게 경청하고, 와츠는 위대한 화가이고 테니슨은 위대한 시인이라고 인정하고, 웨일스 공과 춤을 추는 법을 배웠다. 독실하고 영적인 할머니를 제외하면 할머니의 자매들은 빅토리아 사회의 시류에 철저히 영합하는 세속적 인물들이었다. 분명 버지니아 숙모는 어머니와 사촌 간인 자기 딸들 중 하나를 베드퍼드 공작과 결혼시키고 다른 딸을 헨리 서머세트 경과 결혼시키려고 몹시 괴롭혔다.(이런 연유로 우리는 유모들의 말대로 "유력한 친인척이 많은" 집안이 된 것이다.) 그 고문에 비하면 중국인의 신발이나 구두는 하찮은 고문에 불과했다. 그런데 여기서 또다시 나는 회고록에 빠져들어 실제 인물, 줄리아 잭슨을 한쪽으로 밀어 두고 있다. 어머니의 어린 시절에서 내가 포착할 수 있는 확실한 사실은 두 남자가 어머니에게 (혹은 어머니 대신 외할아버지에게) 청혼했다는 사실뿐이다. 한 사람은 홀만 헌트였고, 다른 사람은 조각가 울너였다. 어머니가 놀이방을 벗어날 나이가 채 되기도 전에 그 두 건의 청혼이 있었으나 거절되었다. 또한 나는 어머니가 녹색 깃털이 달린 모자를 쓰고 수상 파티에 갔을 때 앤 새커리가 거기 있었다는 것도 알고 있다. 넌(아버지의 누이인 캐롤라인 고모)은 혼자 서 있는 어머니를 보고는 언제나 둘러싸던 숭배자들이 보이지 않아 놀랐다. "아니, 숭배자들이 다 어디 갔지?"라고 그녀가 묻자 앤 새커리가

"아, 오늘은 우연히도 여기 없네요."라고 말했다. 이 사소한 장면을 보면 열일곱이나 열여덟 살쯤의 줄리아가 고고했고, 자신의 미모로 인해 주위에 정적을 드리웠으리라고 생각하게 된다.

이 사소한 장면이 벌어진 시기는 추정할 수 있다. 어머니가 열아홉에 결혼했으므로 열여덟 이상이었을 리 없다. 어머니는 베니스에 갔다가 허버트 덕워스를 만났고 서로 사랑에 빠져 결혼했다. 어머니에게 일어난 가장 중요한 사건에 대해 내가 아는 것은 이게 전부다. 이제는 어느 누구도 그 이상 알지 못할 것이다. 그 일이 얼마나 중요했던가는 사 년 후 그가 죽었을 때 어머니 자신이 "그 어느 인간보다도 불행"했다는 사실로 입증된다. 어머니가 직접 그렇게 말했다고 키티 맥스가 내게 알려 주었다. "나는 그 어느 인간보다도 불행했고 행복했어." 어머니와 아주 친했지만 어머니가 허버트 덕워스에 대한 감정을 털어놓은 것은 그때뿐이었기에 키티는 그 말을 생생하게 기억했다.

어머니가 그 어느 인간보다도 행복했을 때 과연 어떠했을지 나로서는 알 수 없다. 그 사 년간의 결혼 생활에서 소리 하나, 장면 하나 남지 않았다. 그 부부는 부유했고, 브라이언스톤 광장에서 살았다. 그는 변호사로 활동했지만 대단히 열성적이지는 않았다.(한번은 그들이 순회 재판에 갔는데 한 친구가 "법정에서 오전 내내 아름다운 얼굴을 쳐다봤다네."라고 허버트에게 말했다. 허버트의 아내를 보았던 것이다.) 조지가 태어났고 다음으로 스텔라가 태어났다. 제럴드가 태어나려던 시점에 허버트 덕워스가 죽었다. 그들은 보건 가족의 업튼 성에 머물고 있었다.

허버트가 어머니에게 무화과를 따 주려고 팔을 뻗었는데 종기가 터져서 몇 시간 내에 죽고 말았다. 그 행복한 사 년간의 생활에 대해 내가 아는 사실은 이것뿐이다.

허버트가 어떤 사람인지를 알 수 있다면, 어떤 광선이 그에게서 어머니에게로 쏘아질 것이다. 그러나 비극적 죽음을 맞은 잘생긴 남자들이 모두 그렇듯이 그가 남긴 것은 개성이라기보다는 전설이었다. 젊음과 죽음이 후광을 드리웠기에 그것을 뚫고 들어가 오늘 거리에서나 여기 내 작업실에서 볼 수 있을 진짜 얼굴은 보기 어렵다. 어머니의 자매라서 어머니의 감정을 일부 나눴을 메리 이모는 "아, 사랑스러운 빛줄기였어…… 그런 남자는 만난 적이 없었지…… 허버트 덕워스가 미소를 지으면…… 허버트 덕워스가 방에 들어오면……" 이 부분에서 이모는 말을 맺지 못하고 그가 이루 형언할 수 없는 사람인 양, 어떤 말로도 그를 묘사할 수 없는 듯이 고개를 재빨리 가로젓고는 얼굴을 찡그렸다. 이렇게 격정적인 몸짓으로 이모는 어머니가 느꼈을 감정을 흉내 냈다. 다만 어머니의 감정이 더 깊고 강렬했으리라. 어머니에게 그는 완벽한 남자였음에 틀림없다. 용감하고 잘생겼으며 너그러워서 "우리가 아는 위대한 아킬레스"라는 테니슨의 시구를 자연스럽게 인용할 수 있었으리라. 그는 다정하고 매력적이며 소박했고 더욱이 남편이자 자식들의 아버지였다. 그러므로 처녀 시절의 어머니는 자신에게 청혼했던 기이하고 무례한 예술가나 지식인보다 소박하고 다정하며 정상적이고 일반적인 이 남자를 자연히 좋아하고 사랑했다. 허버트는 사립학교 졸업생과 영국 신사의 완벽한 전형이라고 아버지가 말했다. 어머니는 그를 선택했다. 그에게서 완벽한 충족감을 느꼈음은 그의 죽음으로 인해 어머니가 빠져든 좌절, 철저한 좌절에서 입증된다. 어머니의 명랑하고 사교적인 성격은 사라졌다. 어머니는 그 어느 인간보다도 불행했다. 그렇게 각인된 몇 년의 세월에 대해서는 알려진 바가 거의 없다. 표현만 남았을 뿐이다. 스텔라는 어머니가 오처드레이에 있는 그의 무덤 위에 엎드려 있곤 했다고 내게 말했다. 어머니는 감정을 잘 드러내지 않았기에 그 말은 어머니의 슬픔을 드러낸 최고의 표현인 듯하다.

그 팔 년 동안 어머니가 아이들과 집안을 돌보고 선행을 베풀고 간호하고 가난한 사람들을 방문하고도 남는 시간에 신앙심을 잃었다는 것은 한층 주목할 만한 주지의 사실이다. 어머니가 헌신적으로 보살폈던 아주 독실한 외할머니에게 이는 큰 상처로 남았다. 그러므로 무신론은 어머니에게 진정한 신념이었음에 틀림없다. 어머니가 홀로 독자적으로 생각하여 이른 결론이었다. 이것을 보면 어머니에게 소박함이나 열정, 낭만적 환상만 있었던 것이 아님을 알 수 있고, 어머니가 허버트와 아버지라는 상이한 두 남자를 선택하게 된 연유를 이해할 수 있다. 어머니에게는 복합적인 면이 있었다. 아주 소박하고 직선적인 성격과 회의적이고 진지한 정신이 결합되어 있었다. 이렇게 결합된 성격 덕분에 어머니는 사람들에게 강렬한 인상, 확고한 인상을 주었을 것이다. 소박함과 회의론이 혼합되면서 어머니의 성격은 예리해졌다. 어머니는 사교적이면서도 엄격했고, 재미있으면서도 매우 진지했고, 극히 현실적이면서도 내면의 깊이가 있었다……. "성모 마리아와 세속적인 여자의 혼합체였어."라고 로빈슨 양도 묘사했더랬다.

어떻든 분명한 사실은 마침내 홀로 남았을 때, (어머니가 과부가 된 처지에 가족 친지들이 호들갑을 떨자 "아, 절대로 혼자 내버려 두지 않는 이 끔찍한 고문!"이라고 말했다고 누군가 지금은 기억나지 않는 사람이 전해 주었다.) 마침내 하이드파크 게이트에 홀로 남겨졌을 때, 어머니가 자기 처지를 심사숙고하기 시작했다는 것이다. 이런 까닭에 아버지의 글을 읽었을 것이다. 어머니는 그 글이 마음에 들었지만(아버지는 『모슬림북』에서 그렇게 말했다.) 그 저자가 마음에 드는지는 알 수 없었다. 그러므로 어머니가 아이들이 잠든 후 상복 차림으로 《포트나이틀리 리뷰》를 들고 하이드파크 게이트의 덩굴 식물이 늘어진 응접실에 홀로 앉아서 무신론을 옹호하는 논리를 도출해 보려는 모습을 상상해 볼 수 있다. 그런 주제에서 레슬리 스티븐으로 생각이 이어질 것이다. 거리 위쪽에 살고 있는 수척하고 턱수염이 난, 민니 새커리의 남편 말이다. 그는 어느 모로 보나 허버트 덕워스와 정반대였다. 그러나 그의 마음속 무언가가 흥미로웠다. 어느 날 저녁 어머니는 레슬리 스티븐의 집을 방문했는데, 난롯가에 함께 앉아 있던 그 행복한 부부에게는 어린애가 있고 다른 아이가 곧 태어날 예정이었다. 어머니는 그들과 이야기를 나누었고, 그들의 행복을 부러워하고 자신의 외로움과 비교하며 집으로 돌아갔다. 바로 이튿날 돌연 민니가 죽었다. 그리고 약 이 년 후에 어머니는 그 수척하고 수염 난 홀아비와 결혼했다.

"아버지가 어머니에게 어떻게 청혼하셨어요?" 어머니의 팔짱을 끼고 굽어진 층계를 내려가 식당에 들어가면서 어머니에게 물은 적이 있다. 어머니는 조금 놀라고 충격을 받은 듯 짧게 웃었지만 아무 대답도 하지 않았다. 아버지는 편지로 청혼했고, 어머니는 거절했다. 그런데 아버지가 완전히 단념했고 어머니와 정찬을 함께하면서 로라의 가정 교사에 관한 조언을 구한 어느 날 밤에, 어머니는 아버지를 배웅하러 현관문으로 따라오며 말했다. "당신에게 좋은 아내가 되도록 노력하겠어요."

어쩌면 어머니의 사랑에는 연민이 깔려 있었을 것이다. 아버지의 지성에 대한 경건한 찬탄이 있었음은 분명하다. 이렇게 해서 어머니는 상이한 두 남자에 걸쳐 두 번의 결혼 생활을 이어 갔다. 팔 년간의 고적한 시절에서 벗어나 십오 년을 더 살았고 네 아이를 더 낳았고 1895년 5월 5일 이른 아침에 돌아가셨다. 어머니에게 작별 인사를 하라고 조지가 우리를 데리러 왔다. 우리가 침실에 이르렀을 때 아버지가 비틀거리며 나왔다. 내가 팔을 뻗어 아버지를 붙잡으려 했지만 아버지는 알아들을 수 없는 소리를 내지르며 내 옆을 스쳐 나아갔다. 제정신이 아니셨다. 조지가 나를 데리고 들어가서 어머니에게 키스하게 했다. 막 돌아가신 참이었다.

1939년 5월 28일. 조지가 우리 몸을 수건으로 감싸고 브랜디 한 방울을 넣은 따뜻한 우유를 마시게 한 후에 어머니의 침실에 데리고 들어갔다. 촛불이 타고 있고 햇살이 스며들었던 것 같다. 어떻든 긴 거울과 양옆 서랍장, 세면대, 어머니가 누워 있던 큰 침대가 기억난다. 나는 침대 옆으로 끌려가면서 흐느끼는 간호사를 보았고, 웃고 싶은 욕구가 솟구쳤으며, 위기의 순간에 종종 그랬듯이 '난 아무 느낌도 없어.'라고 속으로 외쳤던 기억이 생생하다. 그러고는 고개를 숙여 어머니의 얼굴에 키스했다. 얼굴은 아직 따뜻했다. 조금 전에 눈을 감으신 것이다. 그리고 나서 우리는 위층 놀이방으로 올라갔다.

이튿날 저녁에 스텔라가 나를 침실로 데려가서 어머니에게 마지막 키스를 하게 했을 것이다. 전에는 어머니가 모로 누워 있었지만 이제는 베개 한가운데 똑바로 누워 계셨다. 어머니의 얼굴은 헤아릴 수 없이 아득히 멀고, 움푹 꺼지고 엄격해 보였다. 어머니에게 입술을 대자 차가운 쇳조각에 키스하는 느낌이었다. 차가운 쇳조각을 만질 때마다 그 느낌이 되살아난다. 쇠처럼 차고 거친 어머니 얼굴의 감촉이. 나는 깜짝 놀라 물러섰다. 그러자 스텔라는 어머니의 뺨을 어루만지고 잠옷의 단추 하나를 풀었다. "이렇게 하는 걸 늘 좋아하셨지." 스텔라가 말했다. 나중에 스텔라는 놀이방에 올라와서 내게 말했다. "날 용서해 줘. 네가 겁먹은 걸 봤어." 흠칫 놀란 나를 보았던 것이다. 내게 충격을 준 자신을 용서해 달라고 스텔라가 말했을 때 나는 울면서 (우리는 온종일 울다 그쳤다 했다.) "엄마를 볼 때 엄마와 함께 앉아 있는 남자가 보여."라고 말했다. 그 말에 섬뜩한 듯이 스텔라는 나를 쳐다보았다. 내가 관심을 끌고 싶어서 그렇게 말했을까? 아니면 그 말이 사실이었을까? 잘 모르겠다. 관심을 끌고 싶은 욕구가 컸던 것은 확실하다. 그러나 "날 용서해 줘."라는 스텔라의 말에 어머니의 모습이 떠올랐을 때 침대 가에 몸을 숙이고 앉아 있는 남자가 보인 듯했던 것은 분명 사실이다.

"어머니가 홀로 계시지 않아서 다행이구나." 스텔라가 잠시 후에 말했다.

물론 장례식을 치르기 전 사나흘 간은 멜로드라마나 연극 같은 비현실적인 분위기에 짓눌렸기에 어떤 환각이든 일어날 수 있었다. 우리는 외부의 빛을 차단한 채 숨죽이며 하루하루를 보냈다. 방문은 닫혔고, 사람들은 살금살금 들락거렸다. 조문객이 끊임없이 찾아왔다. 우리는 응접실의 아버지 의자 주위에 앉아 흐느꼈다. 현관에서 지독한 꽃향기가 풍겼다. 현관 탁자에 꽃들이 쌓였다. 지금도 그 냄새는 놀랍도록 강렬했던 그날들을 상기시킨다. 아주 아름다운 기억이 한 가지 있다. 클리프턴에 있는 토비에게 전보를 보냈으므로 그가 저녁에 패딩턴에 도착할 예정이었다. 누가 그를 맞으러 나갈지를 의논하며 조지와 스텔라가 현관에서 속삭였다. 스텔라가 조지의 반대를 무릅쓰고 "바깥바람을 쐬는 것이 그 애한테 좋을 거야."라고 말해 주어서 나는 안도감을 느꼈다. 그래서 조지와 바네사와 함께 마차를 타고 토비를 맞으러 패딩턴에 갔다. 해 질 무렵이라서 패딩턴 기차역 끝의 큰 유리 돔이 눈부시게 빛났다. 노랗고 붉은 빛이 타올랐고 돔을 가로지르는 강철 대들보가 무늬를 이루었다. 이 장엄하게 타오르는 석양빛을 황홀하게 바라보며 나는 플랫폼을 걸었다. 기차가 연기를 내뿜으며 천천히 역에 들어왔다. 그 광경은 깊은 인상을 주며 상상력을 자극했다. 너무도 방대하고 너무나 붉게 타올랐다. 장엄하게 타오르는 빛과 커튼이 내려지고 장막이 드리워진 하이드 파크 게이트의 방들은 너무도 대조적이었다. 어머니의 죽음이 내 감각의 베일을 벗기고 갑자기 촉발해서 강렬하게 만들었다. 마치 그늘 속에서 잠자던 것에 불타는 유리가 씌워진 듯이. 물론 이처럼 감각이 예리해지는 일은 돌발적으로 일어났다. 하지만 놀라운 경험이었다. 조금도 애쓰지 않았는데 무언가 눈에 보이는 것 같았다. 다른 예를 들면 당시 켄싱턴가든에 갔던 기억이 있다. 더운 봄날 저녁이었고 바네사와 나는 플라워워크 뒤편의 긴 풀숲에 누웠다. 나는 가져간 『골든 트레저리』를 펼쳐서 어떤 시를 읽기 시작했다. 그런데 생전 처음으로 당장 그 시를(어느 시였는지는 잊었다.) 이해했다. 그 시의 의미가 완전히 이해되는 것 같았다. 투명해진 단어들은 더 이상 단어가 아니었고, 너무 강렬해진 나머지 그 단어들을 체험하는 것 같았다. 그 단어들이 내가 이미 느끼고 있는 감정을 밝혀 주는 것 같아서 어떤 단어가 나올지 예상할 수 있는 기분이었다. 나는 너무 놀라서 그 느낌을 설명해 보려 했다. "이 시가 무엇을 말하려는지 알 것 같아."라고 어설프게 말했다. 바네사는 잊었을 것이다. 내가 그 뜨거운 풀밭에서 느꼈던 기이한 느낌, 시가 현실화된다는 느낌을 누구도 그 말에서 짐작할 수 없었을 것이다. 그 말이 그 느낌을 전달하지도 않는다. 그 감각은 내가 글을 쓸 때 이따금 느끼는 것과 일치한다. 펜은 향기를 띤다.

패딩턴 기차역 끝에서 타오르던 유리 아치와 켄싱턴가든에서 읽은 시, 이 두 순간을 나는 아주 선명하게 기억하지만, 당시 우리를 짓누른 둔탁하고 우울한 분위기에서 명료한 순간은 거의 그 두 순간뿐이었다. 어머니의 죽음으로 인해 어머니가 떠받쳤던 명랑하고 다양한 가족생활은 영원히 닫히고 말았다. 대신 검은 구름이 우리를 뒤덮었다. 우리는 암울한 감정의 연무에 짓눌려 슬프고 엄숙하고 비현실적인 심정으로 틀어박혀 앉아 있는 것 같았다. 그 연무를 뚫고 나갈 수 없을 것 같았다. 울적할뿐더러 비현실적이었다. 입술에 손가락을 올려놓은 것 같았다.

이제 까만 상복 차림의 우리 모습이 떠오른다. 검은 바지를 입은 조지와 제럴드, 검은 드레스에 새까만 크레이프를 길게 늘어뜨린 스텔라, 약간 개량된 크레이프를 두른 바네사와 나, 머리부터 발끝까지 검은색 일색의 아버지. 심지어 편지지에도 검은 테두리가 둘러져서 글자를 쓸 공간이 조금밖에 남지 않았다. 맑은 여름날 오후에 하이드파크 게이트에서 손을 잡고(우리는 늘 손을 잡고 다녔다.) 줄지어 걸어가는 우리가 보인다. 켄싱턴가든으로 걸어가는 우리의 모습. 나는 엄숙한 검은 상복이 남들에게 줄 인상을 생각하며 좀 우쭐해한다. 나도 싸리나무는 얼마나 화사하게 노란빛을 발했는지. 우리는 나무 밑에 말없이 앉는다. 숨 막히는 침묵이 흐른다. 우리 입술에 손가락이 올려져 있었다. 하고 싶은 말이 있어도 그것이 적절한 말인지를 늘 생각해야 했다. 도움이 되는 말이어야 한다. 그러나 어떻게 도울 수 있을까? 아버지는 침울한 기분에 빠져 앉아 있곤 했다. 아버지가 입을 열게 되면(그것이 우리의 의무 중 하나였다.) 오로지 과거에 대한 이야기만 흘러나왔다. 옛날에 대해서였다. 말로 시작해서 신음으로 끝났다. 아버지는 귀가 어두워졌고, 신음은 아버지의 생각보다 더 컸다. 실내에서 서성이며 거친 몸짓을 하고 어머니를 얼마나 사랑하는지 어머니에게 말한 적이 없다고 외쳤다. 그러면 스텔라가 아버지를 끌어안고 그렇지 않다고 항의했다. 이런 장면에 우리도 종종 끼어들곤 했다. 아버지는 팔을 벌리고 가까이 오라고 했다. 우리가 유일한 희망이자 위안이라고 말하곤 했다. 그러면 우리는 바닥에 무릎을 꿇고 애쓰다 결국 울음을 터뜨렸다.

스텔라는 물론 그 괴로운 상황을 참고 견뎠다. 까만 드레스를 입은 그녀의 얼굴은 한층 창백해졌다. 그녀는 검은 테두리가 둘러진 편지지를 앞에 놓고 탁자에 앉아 조문 편지에 답장을 쓰곤 했다. 앞에 어머니의 사진이 있었는데, 편지를 쓰면서 스텔라는 때로 울곤 했다. 여름이 지나면서 위로해 주려는 부인들과 옛 친구들이 찾아왔다. 그들은 뒤편 응접실로 안

내되었고, 초록색 커튼처럼 창문에 드리워진 담쟁이덩굴 때문에 녹색 동굴처럼 보이는 응접실에서 아버지는 셰익스피어 작품의 여왕("여기에 나와 슬픔이 앉아 있노라.")처럼 앉아 있었다. 앞쪽 응접실에서 웅크려 있던 우리는 방문객이 눈물 젖은 얼굴로 나타나기를 기다리며 숨죽여 말하는 목소리를 들었다. 장막에 가려진 조심스럽고 단조로운 생활이 여름날의 재잘거림과 웃음을 대신했다. 파티는 더 이상 열리지 않았고, 젊은이들의 웃음도 사라졌다. 초대 전시회나 정찬 파티에 달려가는 마차와 눈부시게 하얀 여름 드레스도 더는 없었고, 어머니가 빚어낸 자연스러운 생활과 활기도 사라졌다. 내가 잠시 어른들의 세계에 뛰어들어 농담을 주워듣거나 사소한 장면을 목격하고 위층의 놀이방으로 달려가던 일도 끝났다. 저녁 식사를 하러 어머니와 팔짱을 끼고 아래층으로 내려가거나 어머니가 걸칠 보석을 고를 때처럼 즐겁고 왠지 모르게 안심이 되면서도 흥미진진한 순간의 포착도 없었다. 어머니를 즐겁게 해 주거나 어머니가 신통하게 여길 말을 할 때의 자부심도 더는 느낄 수 없었다. 월요일 아침에 어머니의 접시에 《하이드파크 게이트 뉴스》가 펼쳐지고 여기 실린 나의 글을 어머니가 좋아했을 때 얼마나 신났던가! 내가 쓴 이야기를 어머니가 매지 사이먼즈에게 보낸 것을 알았을 때 느꼈던 한없는 기쁨은(내 온 몸이 바이올린이 되어 연주되는 기분이었다.) 절대 잊지 못하리라. 그 글은 상상력이 풍부하다고 어머니가 말했다. 그것은 공중에서 빙빙 돌면서 자신이 태어날 몸을 선택하려는 영혼에 대한 이야기였다.

어머니의 죽음이 빚어낸 비극은 우리가 이따금 몹시 불행을 느끼게 된 것이 아니라, 어머니를 비현실적으로 만들며 우리 자신이 침울해지고 남의 이목을 의식하게 된 것이다. 우리는 마음에 없는 역할을 해야 했고, 알지 못하는 말을 찾아 더듬거려야 했다. 그 비극은 모든 것을 덮어 감추고 흐릿하게 만들었다. 우리는 위선적으로 관습적 애도에 빠져들었다. 어리석고 감상적인 생각이 많이 떠올랐다. 하지만 오래지 않아 우리는 활기를 되찾고 몸부림쳤다. 우리의 당위적 모습과 실제 모습 간에 갈등이 이어졌다. 토비가 학교로 돌아가기 전 어느 날 이런 상황에 대해 언급했다. "이런 식으로 계속 지내는 건 어리석은 일이야……." 장막에 덮여 흐느끼고 있는 것을 뜻한 말이었다. 나는 그의 매정한 말에 충격을 받았지만 그가 옳다는 것을 알았다. 하지만 어떻게 탈출할 수 있을까?

그 장막을 걷어 올린 것은 스텔라였다. 그러자 빛이 조금 스며들었다.

1939년 6월 20일. 어젯밤에 해협을 건너면서 스텔라를 생각했다. 문밖에서 사람들이 말다툼을 벌이고 기선 연락 열차가 들어오고 쇠줄이 짤랑거리고 증기선이 갑자기 코를 골며 콧방귀를 뀌듯이 요란한 소음을 내는데 느닷없이 불현듯 떠오른 생각이었다. 간밤에 잠을 설친 탓에 아침에도 산만하고 기운이 없으므로, 로저 전기를 다시 시작해야 하지만 그 대신 두서없이 떠오르는 산만한 생각을 기록해 두고 때가 되면 메모로 이용해야겠다.

1939년 6월 20일에 지금도 스텔라를 떠올릴 수 있는 사람이 얼마나 될까? 거의 없다. 잭은 작년 크리스마스에 죽었고, 조지와 제럴드도 한두 해 전에 죽었다. 키티 맥스와 마거릿 매싱브레드도 죽은 지 이미 여러 해가 지났다. 수전 러싱턴과 리

사 스텔만은 아직 살아 있지만 어디서 어떻게 살아가는지 모른다. 그러므로 바네사와 에이드리언, 늙은 소피 패럴을 제외하면 살아 있는 사람 중에 누구보다도 내가 더 지속적으로, 진실하게 스텔라를 생각할 것이다. 스텔라의 어린 시절에 대해서는 사실 아는 바가 없다. 스텔라는 그 잘생긴 법정 변호사 허버트 덕워스의 딸이었지만 서너 살쯤에 아버지가 죽었으므로 아버지를 알지 못했고 어머니가 그 어느 인간보다도 행복했던 시절을 기억하지 못했다. 우연히 알게 된 일화와 내가 직접 알아낸 사실로 미루어 보면, 어린 스텔라에게 자의식이 생긴 것은 불행한 시절의 정점에 이르렀을 때였다. 이것이 스텔라의 몇 가지 특성을 설명해 준다. 스텔라에게 첫 번째로 새겨진 기억은 미망인이 되어 슬픔에 찬 어머니였다. 슬럼가를 방문하고 브롬프턴 로드의 암 병원을 찾아다니며 선행(스텔라는 이 단어가 어머니 묘비에 꼭 새겨지기를 바랐다.)을 베푼 어머니였다. 퀘이커교도인 이모가 내게 들려준 말에 따르면 어머니의 습성이 그러했고, 그런 곳에서 일어난 어떤 사건에서 어머니가 "충격을 받은 적이 있었다." 어린 스텔라는 홀어미의 그늘에서 살았고, 검은 베일을 두르고 있는 아름다운 인물을 매일같이 보았다. 아마 그래서 스텔라는 어머니에 대한 헌신적 태도와 충견처럼 애처로운 흠모, 수동적이고 참을성 있는 애정, 무비판적인 완벽한 신뢰 같은 확고한 성정을 갖게 되었을 것이다.

두 사람은 서로에게 해와 달이었다. 어머니는 적극적이고 분명했고, 스텔라는 그 빛을 반사하는 위성이었다. 어머니는 스텔라에게 엄격했다. 자기 아버지를 닮은 조지에게는 헌신적이고, 유복자로 허약하게 태어난 제럴드는 극진히 보살폈다. 스텔라에게는 매우 엄격했다. 지나칠 정도로 엄격해서 아버지가 결혼 전에 조심스럽게 항의한 적도 있다. 어머니는 그 지적이 옳다고 대답했고, 자신의 일부로 느끼기 때문에 스텔라에게 가혹하다고 말했다. 스텔라는 창백하고 말 없는 아이였을 것이다. 예민하고 겸손하며 불평하지 않고 어머니를 숭배하며 오로지 어머니를 도울 방법을 생각했고 자기만의 야심이나 개성을 드러내지 않았을 것이다. 하지만 스텔라에게는 개성이 있었다. 매우 온유하고 정직하며 어떤 면에서 독특했고, 그래서 자기 나름의 인상을 사람들에게 심어 주었다. 키티 맥스처럼 재기발랄하고 생기가 넘치는 친구들은 진심으로 기쁘게 그녀를 사랑했다. 스텔라는 무척 매력적이었다. 그 매력은 겸손과 정직, 더없이 소박하며 젠체하지 않는 이타심에서 나오기도 했고, 가식적 꾸밈이나 속물성이 전혀 없는 성격에서 비롯되기도 했다. 또한 진실성(꼭 집어서 말할 수 있다면)은 그녀 자신의 완벽한 개성에서 비롯되었다. 조지와 제럴드의 누이에게 딱히 이름 붙일 수 없는 이런 자질(실체에 대한 민감성)이 있다는 것은 기이하다. 그 형제는 너무도 아둔하고 인습적이며, 선천적으로 사회적 관습과 체면을 존중했다. 태어날 때의 묘한 우연으로 말미암아 스텔라는 덕워스 가족의 속물성이라는 오점에서 완전히 벗어났다. 상황 판단이 빠른 그들의 중산층다운 자기만족도 없었다. 그들의 작은 갈색 눈은 탐욕으로 반짝인 반면에, 그녀의 눈은 아주 크고 연푸른색에 가까웠다. 꿈꾸는 듯한 정직한 눈이었다. 스텔라에게는 덕워스 혈통의 본능적 세속성이 없었다. 어머니처럼 또렷하고 완벽한 미모는 아니었지만 스텔라도 아름다웠다. 그녀는 늘 6월 들판의 딱총나무꽃이나 카우파슬리 같은 크고 하얀 꽃을 연상시켰다. 어머니의 우스운 별명 "올드 카우" 때문에 카우파슬리가 연상되었을지 모른다. 푸른 하늘에 뜬 희고 흐릿한 달이 스텔라를 연상시키기도 한다. 혹은 꽃잎이 많고 큼직하며 반투명한 흰 장미가. 그녀의 아름다운 금발은 이마 위로 솟았고, 얼굴에는 혈색이 없었다. 스텔라는 가정 교사에게 수업을 받았을 테고 아널드 돌머치에게 바이올린을 배웠고 마샬 부인의 오케스트라에서 연주했다. 그러나 그녀의 마음에 자리한 장애 탓에 책과 학식 면에는 약간 둔감했다. 그녀가 죽은 후 잭이 해 준 말에 따르면, 스텔라는 스스로를 저능아에 가깝게 아둔하다고 생각했다. 어렸을 때 앓았던 류머티스성 열병에 머리가 손상(그 단어를 들었던 기억이 난다.)되었다는 것이다. 하지만 다시 말하자면, 덕워스 가계의 상스럽고 투박하며 속물적인 기질을 고려할 때 놀라운 점은 아무리 단순한 두뇌를 갖고 있었더라도 스텔라는 조지의 누이에 적합할 장밋빛 뺨과 빛나는 갈색 눈의 쾌활하고 평범한 영국 중상류층 아가씨가 아니었다는 사실이다. 스텔라는 그녀 자신일 뿐이었다. 그녀는 내 마음에 아주 선명하게 남아 있다. 희한하게도 성격으로나 얼굴로나 그녀는 어느 누구와도 비교될 수 없다. 지금 그녀가 사람들이 가득 들어찬 방에 있었다면 어떻게 보였을지, 어떻게 말했을지 도무지 상상할 수 없다. 나는 지금까지 스텔라를 연상시키는 사람을 단 한 명도 본 적이 없다. 어머니도 마찬가지다. 그들은 살아 있는 사람들의 세계에 전혀 뒤섞이지 않는다.

내가 예닐곱 살이었을 때 스텔라는 열아홉이었다. 당시에는 아가씨가 혼자 런던을 돌아다닐 수 없었기에 어린 나를 샤프롱[1] 삼아 딸려 보내곤 했다. 아주 어린 시절의 기억 가운데

---

1   젊은 미혼 여성을 보살피던 보호자를 뜻하는 과거 사교계 용어.

스텔라와 물건을 사러 가거나 어딘가를 방문한 기억이 있다. 볼일을 마치면 스텔라는 가게에서 우유 한 잔과 설탕이 뿌려진 과자를 사서 대리석 탁자에 놔주곤 했다. 때로 우리는 이륜마차를 타고 외출했다. 물론 스텔라는 아래층 응접실에서 차를 따르며 많은 시간을 보냈다. 잠시 응접실에 뛰어 들어가 보면 스텔라 주위에 많은 청년들이 앉아 있는 것 같았다. 아서스터드가 스텔라를 사랑한다는 사실을 우리는 어렴풋이 알아차렸다. 테드 샌더슨도. 리처드 노튼과 짐 스티븐도 그랬을 것이다. 저음의 목소리에 눈빛이 거칠었던 그 대단한 인물 짐 스티븐은 온몸으로 광기를 발산하며 집에 와서 그녀를 찾곤 했고, 놀이방에 뛰어 들어와 칼이 끼워진 지팡이로 빵을 찔러 댔다. 언젠가 우리는 뒷문으로 피하라는 말을 들은 적도 있었고, 짐과 마주치면 스텔라가 집에 없다고 이야기해야 했다.

1939년 7월 19일. 또다시 로저의 전기 집필을 중단해야 했다. 이렇게 자꾸 중단을 반복하다 보면 이 회고록이 끝날 것 같다.

한 달 전에 해협을 건널 때 나는 스텔라에 대해 생각했다. 그 후에는 한 번도 생각하지 않았다. 과거가 되살아나는 것은 현재가 깊은 강의 수면처럼 부드럽게 미끄러지듯이 흐를 때뿐이다. 그럴 때면 수면을 뚫고 내려가 밑바닥을 마주한다. 그런 순간에 나는 무한한 충족감을 느낀다. 내가 과거를 생각하고 있다는 충족감이 아니라, 그 순간 내가 현재에서 더없이 충일하게 살고 있다는 충족감이다. 과거에 떠받쳐진 현재는, 여타의 것을 느낄 수 없을 만큼 너무 가까이서 압박하는 현재, 카메라의 필름이 눈에만 닿을 때의 현재보다 수천 배 더 깊기 때문이다. 그러나 과거의 심연 위로 미끄러지는 현재를 느끼려면 평온이 필요하다. 현재가 매끄럽고 습관적으로 흘러야 한다. 이사를 하는 일 따위의 단절이 있으면 삶의 충일성이 파괴되기 때문에 극도의 고통을 겪는다. 단절은 밑바닥을 부수고, 얄팍하게 만들고, 단단하고 얇은 파편들로 뒤바꾼다. "여기에 진정한 것은 무엇이지? 우리가 다시 진정한 삶을 살 수 있을까?"라고 내가 물으면 레너드는 "몽크스하우스에서."라고 답한다. 그래서 나는 로저 전기를 집필하느라 단어들을 다듬고 끼워 맞추는 작업에서 하루아침을 떼어내어 이 글을 쓴다. 과거를 가져다가 이 부서진 표면에 그늘을 드리움으로써 현재의 감각을 회복하려는 시도이기도 하다. 그렇다면 맨발로 차가운 강물에 들어서는 아이처럼 그 흐름 속으로 다시 내려가 보자.

　……짐 스티븐은 스텔라를 사랑했다. 당시 그는 제정신이 아니었다. 광기로 날뛰는 상태였다. 그는 마차를 타고 전속력으로 달려와서 아버지에게 마차 삯을 달라고 했다. 마부는 그를 태우고 온종일 런던을 돌아다녔다고 1파운드 금화를 요구했던 것 같다. 아버지는 그 삯을 지불했다. "사랑하는 나의 짐"은 아버지가 아주 좋아한 조카였다. 앞서 말했듯이 짐은 놀이방에 뛰어 들어와 지팡이 속의 칼로 빵을 찌른 적도 있다. 언젠가 우리가 드비어가든스에 있는 그의 집에 갔을 때, 그는 작은 목판에 나를 그렸다. 한때 그는 훌륭한 화가였다. 광기에 사로잡힌 그는 자신이 전능하다고 믿었을 것이다. 한번은 아침 식사 시간에 찾아와서 "내가 죽거나 미칠 가능성이 있다고 새비지 의사가 얼마 전에 말하더군요."라고 말하며 웃었다. 그리고 오래지 않아 그는 벌거벗은 몸으로 케임브리지 대학

을 뛰어다녔고 정신 병원에 수용되었다가 죽었다. 어깨가 넓고 입술 윤곽이 선명하며 저음의 목소리와 억센 얼굴을 지녔으며 눈이 새파란 이 대단한 광인, 이 미친 남자는 우리에게 자주 시를 읊어 주었다. 「존 무어의 장례식」을 들은 기억이 난다. 그를 생각하면 고문당하는 황소가 연상되고 또 압착된 침대에 축 늘어져서 으르렁거리며 찬사를 보내는 아킬레스가 늘 떠오른다. 스텔라에 대한 그의 사랑은 꽤나 어울리지 않는 일이었다. 우리는 거리에서 그를 만나면 스텔라가 집을 떠나 파이포츠의 러싱턴 가족과 지내고 있다고 말하라는 지시를 받았다. 당시 사랑은 커다란 신비에 감싸여 있었다.

스텔라를 사랑한 남자는 짐 외에도 여럿 있었다. 가장 중요한 사람이 잭 힐스였다. 세인트아이브스에서 그녀는 그의 청혼을 거절했다. 어느 날 밤늦게 스텔라가 흐느끼는 소리가 다락방 벽을 통해 들려왔다. 그는 즉시 떠났다. 당시 거절은 파국을 초래했다. 완벽한 절교를 뜻했던 거다. 인간관계, 적어도 이성간의 관계는 오늘날의 국가 관계처럼 대사를 보내고 조약을 맺어 지속되었다. 관련 당사자들이 청혼이라는 중대한 의식에서 만났다가 청혼이 거절되면 전시 상태가 선포된다. 그렇기 때문에 스텔라는 쓰라리게 울었다. 감정적으로나 현실적으로나 꽤 중요한 선택을 한 것이다. 그는 즉시 떠났다. 노르웨이에 가서 낚시질을 했다. 후에 그들은 여러 파티에서 완전히 격식을 차리면서 마주쳤을 것이다. 어머니를 통해 협상이 미미하게나마 지속되었다. 중재해 줄 사람이 필요했다. 이런 과정이 사랑을 엄숙하게 만들었다. 감정은 겹겹이 쌓였고, 침묵이 끼어들었다. 어느 가족에나 있는 암호, 종교적 암호가 어떻게든 아이들에게도 스며들었다. 그것은 비밀이었지만 우리는 짐작했다.

　그러므로 어머니가 돌아가셨을 때 스텔라에게는 협상가가 없어진 셈이었다. 아버지는 그 역할을 맡지 않았기 때문이다. 잭 힐스는 어머니가 돌아가시기 전날 밤에 돌아왔음이 분명하다. 그렇게 방문하도록 허용되었다는 것은 아주 깊은 감정의 존재를 입증한다. 절망적이기는 하지만 희망이 없지는 않은 감정이었으리라.

　1940년 6월 8일. 휴지통에 버려진 이 메모 뭉치를 방금 찾았다. 내가 방을 정리하면서 로저의 전기 원고를 통째로 큰 휴지통에 버렸는데 이것도 함께 버렸던 것이다. 지금은 로저 전기의 최종 조판 교정쇄를 수정하고 있다. 개미처럼 꼼꼼히 살펴봐야 하는 일을 하다가 기분 전환 삼아 이 글을 들여다보기로 했다. 이 메모로 책을 출간하는 것은 고사하고 과연 끝낼 수는 있을까? 전쟁은 위기에 봉착했고, 밤마다 독일 전투기가 영국으로 날아온다. 나날이 우리 집에 가까워진다. 만일 영국이 진다면(어떻든 우리는 그 문제를 해결해야 할 테고, 보아하니 한 가지 해결책은 자살이라고 사흘 전에 런던에서 우리끼리 결론을 내렸다.) 책을 쓸 수 있을지 불확실하다. 하지만 나는 그 음울한 진창에 빠져들지 않고 계속 이야기하고 싶다.

　앞서 말했듯이 잭 힐스는 어머니가 돌아가시기 전날 밤에 돌아왔다. 그것을 보면 협상이 끊어지기는 했어도 연결 고리가 없지는 않았음을 알 수 있다. 그렇지 않다면 큰 위기가 닥친 밤에 그가 어떻게 찾아올 수 있었을까? 우리는 뒤편 응접실에서 차 쟁반을 앞에 놓고 앉았다. 우리 가족에겐 9시쯤 차를 마시는 특이한 습관이 있었다. 지금도 내가 갖고 있는 은주

전자(지금은 구멍이 뚫려 있다.)에 뜨거운 물이 담겨 있어 손잡이가 뜨거웠다. 연락을 받고 브라이튼에서 온 메리 이모가 주전자를 들었다가 재빨리 내려놓았다. "그 주전자를 다룰 수 있는 사람은 스티븐 부인과 스텔라뿐이에요."라고 잭 힐스가 묘하게 서글픈 미소를 어렴풋이 지으며 말했다. 그의 미소는 그런 소소한 농담과 잘 어울렸다. 그가 '스텔라'라고 말한 것이 기억난다. 그 마지막 밤에 그가 우리 집에 왔으므로, 우리와 친밀하게 시간을 보낼 정도로 그들의 관계는 확고하게 결정되었을 것이다. 1895년 5월 4일이었다.

그다음으로 하인드헤드에서 지낸 밤(1896년 8월 22일)이 떠오른다. 신비로운 목소리들이 들리고 검은색과 은색이 교차하던 그날 밤에 아버지는 우리를 일찍 침실로 보냈다. 우리는 정원에서 속삭이는 목소리를 들었고, 정원을 지나 사라지는 스텔라와 잭을 보았다. 그 부랑자가 왔고 토비가 그를 저지했다. 바네사와 나는 침실에 앉아 기다렸지만 스텔라는 오지 않았다. 이윽고 이른 아침에 스텔라가 침실에 들어와서는 약혼했다고 말했다. "엄마도 아셔?"라고 내가 속이자 스텔라는 "응."이라고 중얼거렸다.

다음 날 아침 식탁에 흥분과 감동, 침울함이 감돌았다. 에이드리언은 탄성을 질렀고 잭은 그에게 키스했다. 아버지는 "스텔라가 행복하니 우리 모두 행복해야지."라고 부드럽지만 진지하게 말했다. 그 명령을 가엾게도 아버지 자신은 따를 수 없었다.

그런데 잭 힐스는 어떤 인물이었던가? 그는 조지와 이튼 스쿨 동창이었다. 내 마음속 화랑에서 그는 어떤 유형, 바람직한 유형을 대표한다. 그 유형을 정의해 보자면, 영국의 시골 신사 유형이라고 부를 수 있다. 덧붙이건대 내가 결코 친숙해질 수 없는 유형이다. 누구도 시골 신사와 친해질 수 없을 것이다. 그렇지만 나는 9년간 잭 힐스와 가깝게 지냈다. 그렇기에 훗날 우리 관계가 완전히 단절되었을 것이다. 그토록 가깝게 지내다가 다시 격식을 차려 관계를 시작하기란 불가능하다. 그 시골 신사가 표면에 떠올라 우리를 갈라놓았다.

그 유형을 재빨리 그려 볼 수 있을까? 우선 잭 힐스는 체구가 작고 퉁퉁하며 평범한 힐스 판사(가족 내에서 그는 "버지"라고 불렸는데 청파리처럼 붕붕거렸던 기억이 난다.)의 아들이었다. 작고 유머러스한 그 판사는 반바지 차림으로 코비에서 우리에게 러시아 토피 사탕을 준 적이 있다. 버지가 쓴 시가 한번은 셰익스피어 작품으로 오인된 적도 있다. 그는 젊은 아가씨들에게 허튼 농담을 건네기 좋아했다. 수전 러싱턴은 그가 자기 남편에 관한 농담을 늘어놓았을 때 "어디를 쳐다봐야 할지 몰랐어요."라고 말한 적이 있다. 버지는 아버지라고 말해야 할 곳에 능글맞게도 남편이라는 단어를 넣고는 "나는 삼각의자에 앉아서 미래를 들여다보는 것 같았지."라고 말했다. 버지는 주로 이집트에서 살았고 그의 아내 애나는 대체로 코비에서 혼자 지냈다. 런던에서 꼭 끼는 새까만 실크 드레스를 입고 다니던 그녀는 냉정하고 세속적인 여자였다. 코비에서는 상류층 숙녀로 행세하며 첼시의 에나멜 코담배 상자를 수집했고 지적인 남자들과 교류하려는 야심을 갖고 있었다. 그녀는 여자들을 싫어했고, 앤드루 랭과 친하게 지냈다. 그는 그녀의 집에 종종 머물렀다. 그 지방의 치과 의사가 프록코트 차림으로 참석했던 파티를 묘사하며 그녀는 "다른 남자들은 모두 반바지 차림이었는데 그림처럼 보기 좋았지."라고 말했다. "난 부활절에 아홉 명을 애도했어요."라고 말하기도 했다. 또한 방목장의 말들을 바라보며 "저 말들이 두 번째 쌍이에요."라고 말하고, 하녀를 여럿 거느린다는 것을 과시하려고 하급 하녀를 강조하기도 했다. 인척인 커웬 가족의 귀족 혈통을 자랑했고, 크리스토퍼 하워드의 무덤에 놓을 꽃다발을 소풍 바구니처럼 마차에 쑤셔 넣고 매주 네이워스에 갔다. 번들거리는 새까만 실크 드레스를 입고 깃털 달린 빅토리아풍 모자를 쓴 그녀가 네이워스 묘지의 무덤 앞에서 고개를 숙인 모습이 아직도 눈에 선하다. 수전은 "레이디 칼리슬 같은 사람들이 밖에 나왔다가 우리를 보면 어쩌지!"라고 흥분해서 속삭였다. 1897년 가을 스텔라가 죽은 후 코비에서 울적하고 끔찍한 한 주를 보냈을 때의 회상이다. 스텔라는 하워드 가족의 코비 저택에 세들었다. 지붕 꼭대기에 꼬리를 쪽 뻗은 사자 조각이 서 있었다. 저택 구내에 강줄기가 돌진하듯 흘렀고 그 강에서 연어를 낚는 잭을 본 적이 있다. 낙심해서 여러 달을 지낸 후 처음으로 의기양양해 보이는 모습이었다. 몹시 초췌했지만 낚싯줄이 팽팽해지고 물고기를 강에서 끌어 올렸을 때 갑자기 너무나 기뻐하던 그의 모습에 나는 깊은 인상을 받았다. 나중에 그 물고기는 사냥감 저장실에 있었다. 힐스 부인이 "저 생선에 작은 벌레들이 붙어 있어?"라고 물었다. 연어에 진드기가 붙어 있으면 신선하다는 증거였다. 강둑에서 우리 옆에 있었던 문지기 터드넘이 "그가 낚시로 잡았어요."라고 대답했다.

애나 힐스 얘기로 돌아가자. 그녀는 여자들을 싫어했다. 그렇지만 그녀가 성적으로 남자들을 지배하려는 야심이 있었던 것 같지는 않다. 그녀가 원했던 것은 머리를 말끔하게 빗질

한 유명한 남자들로 구성된 작은 궁정을 빅토리아 시대의 방식으로 점잖고 고상한 척하며 지배하는 것이었다. 그녀는 딸이 없어서 고맙게 생각한다고 우리에게 말한 적이 있다. 우리처럼 수줍음을 타는 소녀 둘이 자기 집에 머무는 것이 몹시 싫었음이 분명했다. 그녀는 작고 검은 눈으로 나를 뚫어지게 보며 "머리칼이 갈라지고 헝클어졌구나."라고 말했다. 그녀에게는 다행스럽게도 아들만 셋이었고 그들은 이튼스쿨과 옥스퍼드에 진학했다. 세 아들 중에서 부드럽고 달콤한 목소리로 질질 끌며 말하고 유쾌한 매너와 친절한 태도를 지닌 유스터스를 제일 좋아했다. 잭과는 아주 소원한 사이였다. 그러므로 잭이 에버리 거리에서 혼자 살면서 힘겹게 일하고 말을 더듬으며 외롭게 지낼 때 우리 어머니에게서 공감을 받고 싶어 한 것은 당연했다. 어머니는 잭과 아주 가까웠다. 키티 맥스는 어머니에 대해서 그리고 사람을 잘 다루는 어머니의 교제술에 대해 말하면서 "가령 잭이 네 어머니를 친엄마처럼 대하는 걸 힐스 부인이 어떻게 좋아할 수 있겠어?"라고 말한 적이 있다. 대체로 잭은 다정하고 정직하며 유순하고 완벽한 신사였다. 가짜가 아니라 진짜 시골 사람, 열정적인 시골 사람이었다. 그는 말을 능숙하게 탔고 낚시질도 잘했다. 시적 성향도 있었다. 몇 년 후에 만났을 때 그는 출간된 새 시집들을 전부 읽었다고 내게 말했다. 당시 시그프리드 서순, 로버트 그레이브스, 델라메어 같은 젊은 시인들이 어느 모로 보나 연로한 시인들 못지않게 훌륭하다고 생각했다. 옥스퍼드의 철학자 네틀십은 그에게 신적인 존재였다. 잭이 네틀십의 철학을 설명하려 애쓰면서 "그분은 예수 같아."라고 힘주어 단언한 기억이 있다. 워보이스에서 그는 나와 바네사, 마니 보건에게 플라톤에 대해 설명했다. 창가에 앉아 있던 제럴드는 나중에 "그래, 그 일요일 기도 모임은 어떻게 되었어?"라고 빈정거렸다. 하지만 우리 친지들과 비교해 볼 때 잭은 결코 성품이 단순하고 미개한 사람이 아니었다. 어떻든 우리 친지들과 달리(이런 이유 때문에 그가 좋으면서도 그와 함께 있을 때 온전히 편안할 수는 없던 것일까?) 그는 다재다능했다. 뛰어난 재능은 없어도 아주 많은 일을 할 줄 알았다. 우선 그는 사냥을 잘했다. 약혼이 공포되었을 때 에설 딜크는 "잭이 한 발로 서서 말 세 마리를 몰고 갔다는 얘길 들었어요. 그는 다른 일들도 잘할 거라고 믿어요."라고 편지에 써 보냈다. 잭은 사무 변호사로서 나무랄 데 없었다. 끈기 있게 자기 길을 추구하며 로퍼와 웨이틀리 회사에 들어갔다. 그는 웨이틀리에 대해서 많은 이야기를 들려주곤 했다. "역겨운 사람이지만 어떤 면에서는 내가 아는 누구보다도 유능해. 뛰어난 낚시꾼으로 알려져 있지. 그가 쓴 낚시책은 꽤 괜찮아." 그는 훗날 정치에도 관심을 두었다. 손재주도 아주 좋았다. 그렇지만 그가 지적으로 "뛰어난 사람은 아니라"고 어머니가 아버지에게 말한 적이 있다. 그의 외모는 이 대략적인 묘사와 잘 맞았다. 아름다운 갈색 눈에 코끝은 완강하게 혹처럼 둥글고 뭉툭하며 쑥 들어간 턱에 닥스훈트처럼 기이하게 주름이 잡혀 있었다.(그는 물론 개를 무척 좋아했다.) 그는 말을 더듬었는데 그 덕분에 그가 단언한 말은("오리에게는 물이 있어야 해.") 한참 뜸 들여 입에서 나왔기에 더욱 확고한 선언처럼 들렸다. 우리는 그를 비웃었고, 얼마 지나서는 그의 말투를 모방했다. 그는 청결에 꼼꼼하게 관심을 기울였다. 하루에도 몇 번이나 몸을 씻었고 빅토리아 사회의 시 법무관으로서 또 시골 신사로서 꼼꼼하게 차려입었다. 잭 힐스를 생각하면 고지식하다는 단어가 떠오른다. 그는 이튼스쿨과 옥스퍼드의 발리올 칼리지에서 쓰이는 의미로 고지식하게 정직했고 올발랐다. 하지만 그의 고지식함에는 그 이상의 의미가 있었다. 내게 처음으로 섹스에 대해 터놓고 신중하게 말해 준 사람이 잭이었다. 녹색 카펫이 깔리고 붉은 중국제 커튼이 달린 피즈로이 광장에 있는 집에서였다. 평범한 남자의 생활에서 섹스가 차지하는 의미에 대해 그는 일부러 내 눈을 뜨게 해 줬을 것이다. 그의 얘기에 나는 약간 충격을 받았는데, 유익한 충격이었다. 그는 청년들이 끊임없이 여자 얘기를 하고 끊임없이 관계를 갖는다고 말해 주었다. "그런데 그들은……" 나는 적절한 단어를 찾느라 머뭇거리다가 용기를 내서 물었다. "명예로운 사람들인가요?" 그는 웃으며 "물론, 물론이지."라고 장담했다. 성관계는 명예와 아무런 상관이 없다. 육체관계를 갖는 것은 남자의 삶에서 사소한 일에 불과하고 그들의 명예나, 그들에 대한 다른 남자들의 평가에 전혀 영향을 미치지 않는다고 설명했다. 나는 믿을 수 없을 정도로 순진했지만, 턱없이 순진하지만은 않았다. 나는 평범한 남자들의 생활에 대해 전혀 알지 못했고, 모든 남자들이 아버지처럼 한 여자만 사랑하는 줄 알았다. 정조를 지키지 않는 남자는 그런 여자들과 마찬가지로 음란하지는 않더라도 불명예스럽다고 생각했다. 그렇지만 동시에 열여섯 살 이후로 플라톤을 읽으며 남색 행위에 대해 모두 인지하고 있었다. 잭은 그런 식으로 정직했다. 조지나 제럴드의 정직함과 달랐다. 그들은 어떤 소녀에게도 성에 대해서 그처럼 당당하게, 유머러스하고 솔직하게 말하지 않을 것이다. 잭의 그런 자질은 어린 우리에게 깊은 인상을 주었다. 유난히 문학적이고 책을 좋아한 우리 집안에 그는 시골 생활을 끌어들여 주기도 했다. 우리에게 나무에 설탕 주는 법을 가르쳐 주었고, 모리스의 책『나비와 나방』을 선물했다. 나는 그 책에 실린 곤충의 심장과 침의 사진 및 짧은 털처럼 생긴 히브리어 문자들 사이에서 몇 시간을 보내며 우리가 잡은 곤충들을 찾아냈다. 우리 집안의 곤충 학회에서 곤충 이름을 알아내는 임무를 맡고는 게으름을 부린다고 토비에게 심한 꾸지람을 들었던 것이다. 어느 날 밤에 저녁을 먹다가 제럴드는 우리가 죽어 가는 곤충들을 낡은 가루치약 통 속에 넣어 샘 밑바닥에 보관하고 있다고 놀리듯이 웃으며 폭로했다. 다행히 어머니는 (아마 아버지도) 야단을 치거나 금지하지 않았다. 우리의 열광적인 취미를 알아차리고는 정당한 취미로 인정해서 잠자리채와 곤충 표본대를 사 주었다. 어머니는 실제로 월터 헤드럼과 세인트아이브스의 술집에 가서 럼주를 사다주기도 했다. 어머니가 럼주를 사는 광경은 얼마나 이상했을까. 우리가 잠든 후 어머니는 설탕 뿌린 곳을 돌아보곤 했다.

잭 이야기로 돌아가 보자. 스텔라가 그의 청혼을 받아들였을 때, 어머니의 죽음 이후 급속히 무너졌지만 아직 남아 있던 우리 조직은 찬성했다. 그 결혼은 아주 행복한 것이었으리라고 나는 생각한다. 아이들이 많이 태어났어야 했다. 그러면 스텔라가 지금도 살아 있을지 모른다. 잭은 분명 열정적으로 사랑했다. 스텔라는 처음에 수동적이었다. 그들의 약혼을 통해 나는 처음으로 환영(너무나 강렬하고 흥미진진하며 황홀했기에 환영이라는 단어가 적절하다.)을 품게 되었다. 남녀의 사랑에 대한 첫 번째 환영이었다. 마치 루비 같았다. 그들이 약혼한 겨울에 내가 감지한 사랑은 붉고 선명하며 강렬하게 타올랐다. 그것을 통해 나는 사랑의 개념, 사랑의 기준을 얻었다. 서로를 처음 사랑하는 젊은 남녀처럼 서정적이고 음악적인 것은 세상에 다시없다는 깨달음이었다. 이는 품위 있는 약혼과 관련이 있다. 비공식적인 연애 사건은 동일한 감정을 일으키지 못한다. "내 사랑은 6월에 갓 피어난 붉디붉은 장미." 두 사람은 이런 감정을 느끼게 해 주었다. 약혼이라는 단어를 들으면 늘 이런 감정이 되살아나지만, 연애 사건이란 단어는 그렇지 않다. 그 감정은 스텔라와 잭에게서 비롯되었다. 하이드파크 게이트 응접실 접문 뒤의 은신처에서 내가 느낀 황홀함에서 솟아난 감정이었다. 나는 가려진 그곳에 앉아 수줍음과 불안감으로 반쯤 정신이 나간 채 패니 버니의 일기를 읽었다. 아주 강렬한 감정이 간간이 파도처럼 밀려왔고 때로 격렬한 분노가 치밀었다. 당시 아버지 때문에 얼마나 자주 격분했던지! 때로는 사랑이나 사랑의 그림자가 밀려왔다. 한번은 스텔라가 압지 사이에 끼워 놓은 잭의 편지를 발견하고 (우리 집에 사적 공간이 부족했다는 증거.) 읽어 보았다. "온 세상에 우리 사랑보다 달콤한 건 없어요."라고 쓰여 있었다. 나는 몰래 엿본 죄책감이 아니라 눈앞에 드러난 내용에 떨리는 황홀함을 느끼며 편지를 내려놓았다. 지금도 그런 전율을 거듭 일으키는 글은 읽을 수 없다. 강렬한 기쁨을 주는 편지를 받으면 절대로 다시 읽지 않는다. 왜 그럴까? 그 기쁨이 줄어들까 두려워서? 그 색깔, 눈부신 광채가 스텔라의 온몸에 깃들었다. 그녀의 창백한 얼굴은 환해졌고 눈은 더 새파래졌다. 그해 겨울에 집안에서 돌아다니는 그녀의 온몸에 달빛 같은 광채가 어려 있었다. 어느 날 밤 그녀가 잠을 이루지 못한 내게 다가왔을 때 나는 "세상에 이런 건 절대 없었을 거야."였던가, 아니면 그 비슷한 말을 했다. 그녀는 다정하고 부드럽게 웃으며 내게 키스하고 이야기했다. "아, 수많은 사람들이 우리처럼 사랑을 한단다. 너와 바네사도 언젠가는 할 거야." 한번은 이렇게 말했다. "사람들이 너희를 쳐다보더라도 그러려니 해야 해."

"바네사는 예전의 나보다 훨씬 아름다워." 스물여섯 살의 스텔라는 자기 미모를 과거의 일처럼 얘기했다. 자신은 고작해야 말쑥하고 깔끔하게 단장할 수 있을 뿐이라고 메리 이모에게 말했다. 이것도 압지에 끼워진 편지에서 몰래 읽었던 것 같다. 스텔라는 우리를 사랑으로 충만한 인생에 띄워 보내려 했고, 그런 보물을 기대하는 평범한 여자의 인생에 우리를 들여보내고 싶어 했다. 바네사가 처음으로 참석한 어떤 파티에서, 흰 드레스에 자수정을 단 바네사를 보고 데즈먼드가 "그리스 노예 같아."라고 말했던 그 파티에서, 스텔라는 조지 부스가 바네사에게 반했다고 믿었다. 바네사가 그를 거절하면 부스 가족이 언짢아할 거라고, 뿌듯하고 기쁜 마음으로 조심스레 짐작하면서도 두려워했다. 스텔라가 살아 있었더라면 우리의 사교계 데뷔나 그리스 노예처럼 살아온 여러 해의 노역과 폭정과 반역이 어떻게 달라졌을까! 그녀를 회상하다 보니 문득 궁금해진다.

어떤 이유에서인지 스텔라와 잭의 약혼 기간은 7월부터 이듬해 4월까지 오래 이어졌다. 두 사람에게는 곤혹스럽고 잔인하고 불필요한 시련이었다. 돌아보면 약혼과 관련된 일이 보살핌이나 배려를 전혀 받지 못하고 서툴고 불합리하게 진행되었다. 여러 달에 걸쳐 긴 기다림의 시간을 보내면서 스텔라는 어머니의 죽음으로 빠져들었던 얼어붙고 마비된 상태에서 서서히 깨어났다. 처음에 그녀는 잭에게서 위안과 지지를 얻었다. 그것은 가족의 온갖 근심거리와 의무로부터의 피난

처였고 또한 아버지가 자제심 없이 쏟아낸 침울한 탄식에서 잠시 벗어날 수 있는 휴식이었다. 서서히 그녀는 예전의 수동성에서 벗어나 적극적인 자세를 취했고 잭의 권리를 주장했다. 또한 자신의 집과 남편, 자신의 가정과 인생에 대한 욕구를 주장했다. 그러다 보니 그들이 결혼 후에도 우리와 함께 살아야 한다는 아버지의 강요를 말없이 수용했던 약속, 지금 보면 도저히 믿을 수 없이 어처구니없지만 당시 받아들일 수밖에 없었던 결정이 마침내 견딜 수 없게 느껴졌다. 그래서 그녀는 어느 날 밤 서재로 가서 아버지에게 그 사실을 말했다. 그러자 폭발이 일어났다.

약혼 기간이 길어지면서 아버지는 실로 점점 폭군이 되어 갔다. '잭'의 이름도 듣기 싫어 했다. 채찍으로 찰싹 갈기는 소리 같다고 아버지가 말했던 기억이 난다. 분명 아버지는 질투하고 있었다. 하지만 당시에는 그 무엇도 선명하게 보이지 않았다. 아버지는 인습적인 태도를 취했다. 그는 버림받은, 외롭고 불행한 노인이었다. 실은 독점욕이 강하고 상처를 받았으며 청년을 질투하는 남자였다. 아버지에게 물어보았더라면 분노를 터뜨릴 이유가 넘친다고 대답했을 것이다. 이때쯤 아버지는 모든 진실에서 멀어져 뭐라 설명할 수 없는 세계에(그런 세계에서 살 수 있는 사람을 지금 나는 전혀 알지 못한다.) 확고히 자리 잡았으므로, 그 약혼은 믿을 수 없으리만치 복잡해지고 좌절되고 지연되었다. 결국 1897년 4월에 결혼식이 거행되었다. 세인트 메리 애보츠 성당에서 관습적으로 격식에 맞춰 종이 울렸고, 사람들이 모였고, 은박으로 새겨진 청첩장이 돌려졌다. 바네사와 나는 손님들에게 꽃을 건넸고, 아버지는 스텔라의 팔짱을 끼고 복도를 행진했다.

"스텔라를 신랑에게 인도하는 권리가 당연히 자신에게 있다고 여기셨어." 조지와 제럴드는 이렇게 투덜댔다. 아버지는 그들에게 권리가 있다는 사실을 무시했다. 누구도 아버지에게서 그 특권을 빼앗을 엄두도 내지 못했을 것이다. 아버지가 자신에게 권리가 있다고 믿고 이를 누린 것은 어떻든 전형적인 일이었다. 신혼부부는 이탈리아로 여행을 떠났고 우리는 브라이턴으로 갔다. 그들의 신혼여행은 이 주에 불과했다. 스텔라는 돌아오자마자 병에 걸렸다. 맹장염이었다. 그녀는 출산을 앞두고 있었는데 그것도 잘못되었다. 그래서 세 달간 간간이 앓다가 1897년 7월 27일 하이드파크 게이트 24번지에서 죽었다.

현재. 1940년 7월 19일. 이틀 전 17일 월요일에 점심을 먹으려고 앉았을 때 존이 들어왔다. 턱 밑에 허연 주름이 늘어지고 평소보다 흐릿해 보이는 눈으로 그는 프랑스가 전투를 중단했다고 말했다. 오늘 독재자들이 프랑스에 조건을 내건다는 것이다. 청파리가 윙윙거리고 광장에서는 이빨 빠진 손풍금 소리가 들리고 사람들이 딸기 장사를 부르는 찌는 듯이 무더운 오전에 나는 메클렌버러 광장 37번지에 있는 내 방에 앉아서 아버지를 생각한다.

이제 아버지를 묘사할 차례다. 1897년에 스텔라가 죽고 1904년 아버지가 돌아가실 때까지 칠 년간 바네사와 나는 그 이상한 성격의 폭발에 어떤 보호막도 없이 완전히 노출되어 있었다. 스텔라가 죽었을 때 바네사는 고작 열여덟 살이었고 나는 십오 년 육 개월을 지낸 나이였다. 내가 왜 노출되었다고 말하는지, 그리고 왜 아버지를 이상한(적절한 표현은 아니지만 마땅한 단어를 찾을 수 없으므로) 성격이라고 말하는지를 설명하려면 내 어린 시절의 몸과 마음의 낡은 껍질에 다시 들어가야 한다. 지금의 나는 당시의 내 나이보다 아버지의 나이에 훨씬 가깝다. 그러므로 예전보다 아버지를 더 잘 이해하게 된 걸까? 아니면 그 엄청나게 중요한 관계의 여러 양상을 엉망으로 망쳐 놓았을 뿐이라서 아버지의 관점에서든 내 관점에서든 묘사할 수 없게 된 걸까? 나는 지금 아버지를 바로 내 눈앞에서가 아니라 모퉁이를 돌아서 본다. 더욱이 『등대로』에서 어머니를 묘사하면서 어머니에 대한 강렬한 기억을 많이 지웠듯이 아버지의 기억도 많이 지웠다. 하지만 아버지도 나를 여러 해 동안 사로잡았다. 내가 그것을 글로 써서 지울 때까지 내 입술은 달싹거렸고, 아버지와 말다툼을 벌이거나 화를 내고, 아버지에게 직접 발설하지 못한 온갖 말을 혼자 중얼거리곤 했다. 소리 내서 말할 수 없었던 것들이 얼마나 마음속 깊이 파고들었던가. 그중 몇 가지는 지금도 말할 수 있다. 가령 바네사가 수요일과 주간 가계부에 얽힌 기억을 상기시키면 그 해묵은 좌절된 분노가 지금도 치밀어 오른다.

하지만, 바네사는 그러지 않을지라도, 내 마음속에는 분노와 사랑이 번갈아 요동친다. 일전에 프로이트를 처음 읽었을 때 비로소 나는 이 격렬하게 요동치는 사랑과 증오의 갈등이 흔히 있는 감정이며 반대 감정 공존이라고 불린다는 사실을 알았다. 그러나 아버지와 딸의 관계를 분석하기 전에, 내가 아니라 세상 사람들의 눈에 비췄을 아버지의 모습을 스케치해 보겠다.

빅토리아 시대 초기에 아버지가 태어나 자란 스티븐 집안은 매우 편협한 복음주의를 숭상하면서도 정치적이고, 고도로 지적이면서도 심미적 의식이 전혀 없었으며, 한 발은 클래펌에, 다른 발은 다우닝 스트리트에 담그고 있었다. 아버지의 전기에 들어갈 첫 문장은 분명 이것이다. 시간이 흘러 아버지는 이튼스쿨에서 불행한 시간을 보냈고, 케임브리지에 입학해서는 자신의 본령이라고 느꼈으며, 사교 클럽 '디 어파슬'의 회원으로 뽑히지 못했고, 근육이 잘 발달했으며, 보트를 저었고, 기독교인이었지만 기독교 신앙을 버렸고(이 과정에서 너무 큰 고뇌를 느낀 나머지 자살을 생각한 적이 있었다고 프레드 메이트랜드가 알려 주었다.) 그러고는 펜더니스나 빅토리아 시대의 다른 젊은 지식인들처럼(아버지는 이들의 전형이었다.) 신문에 글을 기고하기 시작했고, 미국을 여행했다. 이 모두가 명백한 사실이라서 나는 그것들을 뒤따를 수 없다. 내가 보기에 아버지는 내가 나중에 알게 된 조지 트리벨리언, 찰리 생어, 골디 디킨스 같은 수많은 케임브리지 대학 출신 지식인들의 전형이자 유형 그 자체였다. 아버지를 묘사하는 글을 쓰려다 보면 지루해진다. 그 유형이 너무 잘 알려져 있기도 하고, 내가 보기에 그 유형에는 그림 같은 아름다움이나 특이함, 로맨스가 없기 때문이다. 이 유형은 강판 조각처럼 색깔이 없고 온기나 입체감도 없으며 정밀하고 뚜렷한 선들이 무수히 그어져 있을 뿐이다. 내 상상력을 사로잡을 틈새나 구석이 없다. 내 마음을 움직일 나뭇가지 하나 내보이지 않는다. 그 유형은 완전히 구비되어 있고 완벽하며 이미 묘사되어 있다. 물론 나는 그들에게 감탄한다고 속으로 말한다. 나아가 그들을 존경한다고 말한다. 그들의 정직성, 진실성, 지성에 경탄한다. 그들에 대한 인상이 너무 명확하게 내 지각에 박혀 있기에, 그들과 같은 방에 있으면 내가 어디 있는지를 정확히 안다고 느낀다. 해럴드

니콜슨이나 휴 월폴 같은 다른 유형과 같은 방에 있으면 나는 케임브리지 지식인들의 측정자를 들이대고 속으로 중얼거릴 것이다. 당신들은 한참 못 미쳐요. 당신들은 여기, 저기, 저기에서 빗나갔어요. 그러나 그와 동시에 내 마음은 흔들려서 내가 들고 있는 측정자가 잘못되었다고 느낀다. 해럴드 니콜슨과 휴 월폴 같은 사람들은 내게 색깔과 온기를 보여 준다. 그들은 나를 즐겁게 해 주고 흥미를 불러일으킨다. 그래도 여전히 나는 그들을 조지 무어만큼 존경하지는 않는다.

그런데 아버지의 강판 조각에 덧붙일 것이 있는데 바로 난폭한 기질이다. 아버지는 아이였을 때도 불같이 화내곤 했다고 애니 고모가 말해 주었다. 고모의 얘기가 어떻게 끝났는지는 잊었지만 온실의 화분을 박살낸 일화가 이어졌을 것이다. 누구도, 그 누구도 아버지를 억제할 수 없었다고 고모가 말했다. 스스로도 억제할 수 없었던 이 기질은, 아버지가 이성을 숭배하고 감정의 분출이나 과장, 과도한 표현을 싫어한 사람이라는 것을 고려해 볼 때 이율배반이다. 그 기질은 아버지가 신경 허약으로 인해 버릇없는 아이가 되었다는 점에서 비롯된 것 같다. 아버지는 몹시 화를 내더라도 병약하기 때문에 용서를 받았다. 그런데 천재적 인간은 선천적으로 자기 기질을 억제하지 못한다는, 칼라일과 테니슨 같은 당대 위인들이 뒷받침한 인습적 사고도 한몫했을 것이다. 아버지가 젊었을 때는 천재에 대한 열광적 숭배가 극에 달한 시절이었다. 천재란 의심의 여지 없는 영감이 분출하는 인간을 뜻했다. 아버지가 스티븐슨에 대해 "아, 그렇지만 그는 천재였어."라고 말한 기억이 난다. 빅토리아 시대에 천재적인 사람이란 예언가와 같아서 보통 사람과 다른 유형의 인간이었다. 그들은 옷도 다르게 입고, 머리를 기르고, 크고 검은 모자를 쓰고, 망토를 둘렀다. 하나같이 그들은 함께 살기에 불쾌한 사람이었다. 그런데 아버지는 함께 살기에 불쾌하다는 점이 주위에 해가 된다는 생각을 결코 해 보지 않았을 것이다. 격분해서 불같이 화를 내면서 아버지는 무의식적으로 "이건 내 천재성의 증거야."라고 말했고, 칼라일을 끌어들여 그 생각을 확인하고는 거친 분노에 탐닉했던 듯하다. 천재적인 남자는 분노를 분출한 후 애처롭게 사과한다는 것이 그 인습적 패턴의 일부였다. 아버지는 아내나 누이가 자신의 사과를 당연히 받아들일 테고 자신은 천재성 덕분에 양민 사회의 규율에서 당연히 면제되었다고 생각했다. 그런데 아버지는 과연 천재적 인물이었던가? 아니, 슬프게도 그렇지 않다. "괜찮은 이류일 뿐이지."라고 아버지는 프리섬의 크로켓 구장 주위를 거닐다가 내게 말한 적이 있다. 그리고 자신이 과학자가 되었어도 잘해 냈을 거라고 말했다.

천재가 되려는 욕구의 좌절과 자신이 실은 일류에 속하지 않는다는 자각 — 이 자각으로 인해 아버지는 극도로 낙담했고, 자기중심적 태도를 갖게 되어 적어도 말년에는 어린애처럼 칭찬을 몹시 열망했고, 자신의 실패와 실패한 정도, 그 이유에 대해 지나치게 심사숙고했다. — 이것이 전형적인 케임브리지 지식인의 섬세한 강판조각을 깨뜨렸다. 한 개인으로서 그는 판에 박힌 케임브리지 유형보다 훨씬 별난 성격과 개성의 소유자였다.(나는 그를 아버지가 아니라 한 인간으로 보려 애쓰고 있다.) 로웰과 프레드 메이트랜드, 허버트 피셔 같은 사람들은 아버지를 존중했을 뿐 아니라 아버지를 보호하려는 재기 넘치는 애정을 간직했다. 많은 애깃거리와 전설을 만들어낸 아버지의 능력으로 보아 나는 그렇게 판단한다. 가령 프레드 메이트랜드는 콘월의 습지를 하루 종일 행군했을 때 레슬리가 입도 뻥끗하지 않았지만 "우리는 친구가 되었다고 느꼈다."라고 했다. 리튼은 아버지가 난롯가에 앉아 다리를 흔들었고 그때마다 장작 받침대에 부딪히면 그저 "망할."이라고 할 뿐 다른 말은 한마디도 하지 않는 것을 지켜보며 매료된 스트래치 사촌 이야기를 내게 해 주었다. 코니시 부인도 프레드 벤슨에게 아버지가 대단히 매력적이라고 말하며 "그는 여자들이 좋아하는 온갖 사소한 일을 본능적으로 하거든요."라고 말했다.

아버지는 분명 무언가를 갖고 있었다. 이런저런 자질이 아니라 온갖 자질이 결합되어 개성이나 성격으로 불릴 수 있는 것, 침묵이나 "망할."이라는 한마디 말로도 강한 인상을 줄 수 있는 면이 그에게 있었다. 그래서 아버지의 명백한 자질(정직성, 비세속성, 사랑스러움, 완벽한 진실성)을 지적한다면 전체를 이루는 개개 자질들 중에서 몇 가지만 뽑아내는 셈이 된다. 전체는 그것을 구성하는 자질들과 달랐다. 어떻든 여러 일화와 기억으로 미뤄 볼 때 그의 저서와 별도로 레슬리 스티븐은 특이한 인물이었다. 그가 방 안에 들어서면 사람들이 나누던 얘기나 감정이 달라졌다. 그는 월터 헤드럼이나 허버트 피셔 같은 사람들의 마음속에서 진정한 삶을 살았고, 그들의 대표적 인물이었으며, 그들이 종종 적용한 기준이었다. 레슬리 스티븐 같은 사람이 『트리스트럼 샌디』를 좋게 평가한다면 틀림없이 괜찮은 책일 거라고 월터 헤드럼은 누군가에게 써 보냈다. 내가 하려는 말은 그런 뜻이다.

이렇게 나는 일부러 마음 가는 대로 내버려 두고 찔끔찔

끔 써 나가면서 그 강판 조각에 그림 같은 요소를 새겨 넣는다. 그것은 논리적으로 분석할 수 없다. 어렸을 때 나는 그런 요소를 의식하지 않았을까? 내 상반된 감정의 반쪽인 아버지에 대한 사랑은 거기서 비롯되지 않았을까? 나 역시 아버지에게서 매력을 느꼈다. 되는대로 몇 가지를 들자면, 그의 단순함, 진실성, 기벽에서 비롯된 매력이었다. 아무리 불편한 상황에서도 아버지는 자신이 생각하는 바를 정확히 말할 테고 자신이 좋아하는 일을 하리라는 뜻이다. 아버지의 감정은 명확하고 솔직했다. 그에게는 어떤 강한 열정이 있었다. 그는 샌드위치를 들고 성큼성큼 걸어 나가 어마어마하게 긴 산책을 하곤 했다. 누가 앞에 있든 상관없이 어떤 사실이나 의견을 주장하곤 했다. 의견은 매우 확고했고 지식은 대단히 풍부했다. 그러므로 그의 말은 정중하게 경청되었다. 집안에서 그의 위상은 신과 같으면서도 어린애 같았다. 그의 위상은 대단한 특권을 누렸다. 내가 아버지를 따라서 머리칼을 잡아 꼬자 어머니는 마땅찮게 여겼다. "아버지도 그렇게 하잖아요."라고 내가 항의하자 어머니는 "그렇다고 네가 아버지 행동을 전부 따라 할 수는 없어."라는 말로 아버지에게 특별한 자유가 허용되어 있음을 알려 주었다. 어떻든 아버지는 평범한 사람들의 규율에 구속되지 않았다.

정찬 식탁의 상석에 종종 죽은 듯이 고요히 앉아 있는 아버지는 별난 인물이었다. 때로 아버지는 신랄하게 말할 때가 있었는데, 이따금 특히 토비를 가르치곤 했다. 그는 어떤 숫자의 세제곱근이 무엇이냐고 묻곤 했다. 늘 기차표에 적힌 숫자를 놓고 문제를 풀었다. 또한 교회력의 숫자를 찾는 법이나 부활절이 어느 날인지를 우리에게 알려 주었다. 그러면 어머니는 식탁에서 수학 얘기를 하지 말라고 항의하곤 했다. 때로 아버지는 아마 대학 시절에 있었던 일을 옛 친구와 이야기하며 이마의 핏줄이 드러나도록 웃곤 했다. 그래, 나는 아버지의 존재를 명확히 느꼈다. 아버지가 아주 작고 푸른 눈으로 나를 응시하며 왠지 우리 둘이 서로 통한다고 느끼게 해 주었을 때 충격적으로 날카로운 기쁨을 느끼곤 했다. 우리에게는 어딘가 공통점이 있었다. "무엇을 붙잡고 있니?" 아버지는 내가 읽고 있는 책을 내 어깨 너머로 들여다보며 묻곤 했다. 내 나이 또래의 어린애가 이해할 수 없을 책을 읽는 것을 보고 아버지가 놀라워하고 기뻐하며 작게 코웃음을 칠 때 나는 얼마나 우쭐하고 의기양양했던지. 물론 나는 속물이었고, 아버지가 나를 아주 영리한 계집애로 생각하게 하려고 책을 읽기도 했다. 다 읽은 책을 들고 서재에 들어가서 다른 책을 달라고 요청하는 나를 아버지가 글을 쓰다 멈추고 일어서서 아주 부드럽고 즐거운 태도로 대했던 것이 기억난다. 사실 나는 아버지가 분노를 터뜨릴 때도 종종 아버지 편이었다. 어느 일요일에 긴 산책을 마치고 거친 옷에 메마른 공기 냄새와 진흙 냄새를 풍기며 아버지가 들어섰을 때, 난로 앞 양탄자에 쉽사리 꿈쩍하지 않는 통통한 더즈먼드 오브라이언이 앉아 있었던 기억이 난다. 스텔라를 사랑한 그 청년은 저녁을 먹고 가라는 예의상 초대를 받아들였다. 그 사실을 알자 아버지는 앓는 소리를 내고 욕을 하면서 응접실을 성큼성큼 배회했다. 아버지는 그 희생자, 통통한 더즈먼드가 엿듣든 말든 개의치 않고 믿을 수 없으리만치 많은 말을 내뱉었다. 천재의 발작적인 격정에 휩싸였으므로 그의 행동을 받아들여야 했다. 그러지 않으면 아버지가 언짢아했던가? 그날 밤 미소를 약간 띠고 애원하는 어머니(어머니가 충동적으로 식사에 초대한 것이 잘못이었다.)를 바라보며 왠지 나는 어머니가 아니라 아버지의 기분에 공감했다. 층계 위에서 그 광경을 내려다보며 "아버지가 옳아요, 아버지가 옳아요."라고 계속 중얼거렸다. 내가 느끼는 공감을 확인했고 동질감을 느꼈다. 그 밖에도 내가 어머니를 볼 때처럼 똑바로 아버지를 주시한 적은 없지만, 아버지는 어쩌다, 특히 귀 뒤로 넘긴 숱 많은 짧은 머리칼이 굽실거릴 때, 꽤 눈에 띄는 멋진 인물로 보였다. 힐 브러더스의 옷을 멋지게 차려입고 모닝코트를 걸친 그는 헌칠한 키에 매우 여위고 등이 굽었으며 턱수염이 흘러내려 작고 가느다란 넥타이는 거의 보이지 않았다. 그의 턱은 움푹 들어갔을 것이다. 보이지 않는 그의 입은 약간 벌어져 있었다. 그러나 이마는 훤하게 넓었고, 두개골은 대단히 인상적이었다. 그는 약간 움푹 들어간 정수리 부분을 내게 만져 보라고 한 적이 있다. 덥수룩한 눈썹이 늘어졌지만 그의 작은 눈은 깨끗하고 맑은 물망초의 푸른색이었다. 그의 손은 아름다웠고, 연푸른 돌에 쌍독수리 문장이 새겨진 반지를 끼고 있었다. 아버지는 그 돌이 없어진 다음에도 그 반지를 계속 끼고 다니면서 외모에 대한 무관심을 드러냈다. 그는 옷도 무의식적으로 시의 리듬에 맞춰 입었음에 틀림없다. 조끼 단추가 끼워지지 않은 경우도 종종 있었고, 어쩌다 바지 앞의 단추도 그랬다. 코트는 담뱃재가 묻어서 종종 희뿌옇게 보였다. 아버지는 글을 쓸 때 끊임없이 파이프를 피웠지만, 응접실에서는 피우지 않았다. 응접실에 들어오면 자기 의자에 앉았고 그 옆의 작은 탁자에는 램프와 책 두세 권이 놓여 있었다. 어머니는 아버지 뒤쪽의 어두운 방구석에 맞게 짜인 어머니 책상에 앉았고, 촛불을 끌 때는 로웰의 촛불끄개를 썼다. 아버지는 책을 읽을 때 발을 위아래로 흔들었고, 귀 뒤로 넘긴 머리칼을 꼬았다 풀었다 했다. 언제나 책에 몰입하고 있어서 주위를 전혀 의식하지 못하는 때도 있었다. 늘 일정한 시간에 일어나서 위층으로 일하러 가거나 산책을 나가는 등 규칙적으로 생활했다. 토요일마다 제임스 페인을 방문하러 갔고, 다른 모임에 나갔다. 밖에서 성큼성큼 걸어 다니며 시를 암송했고 종종 머리를 힘껏 흔들며 지팡이를 휘둘렀다. 그는 늘 중절모자를 썼는데, 큰 머리에 약간 기묘하게 얹힌 모자 양옆으로 숱 많은 머리칼이 삐져나왔다. 정찬 초대를 받아 어머니와 외출할 때면 점잖은 정장 차림이었던 아버지를 기억한다. 검은 조끼의 가장자리는 장식 끈으로 둘러졌고 부츠 옆면에는 고무천이 붙어 있었다. "이렇게 식사하러 나가는 일이 완전히 끝나면 좋겠구나, 지니." 아버지가 가로등 옆에서 날 기다리며 말했다. 나는 아버지가 속내를 털어놓아서 우쭐했지만, 속으로는 아버지가 외출을 즐긴다고 느꼈다.

　　당시 부모님은 정찬에 초대받는 일이 꽤 자주 있었고 먼저 정찬 파티를 열기도 했다. 인습에 얽매이지 않았음에도 아버지는 사교적 관습을 우리보다 훨씬 전폭적으로 수용했다. 그러므로 아버지가 사교와 동떨어져 있다는 내 관념이 어떻게 생겨났는지 의아스럽기만 하다. 아버지는 정장 차림으로 마차를 타고 외출하기를 자연스럽게 여겼다. 여덟 명이나 열 명을 초대하는 정찬 파티나 식사 시중을 들 하녀를 고용하고 다양한 코스 요리와 여러 종류의 포도주를 내놓는 저녁 식사도 개의치 않았다. 어떤 숙녀의 팔짱을 끼고 아래층으로 내려가며 웃는 아버지의 모습이 보인다. 내가 아는 엄격하고 우울하며 까다로운 사람이었을 리 없다. 아버지는 즐겨 대화를 나누고 일화를 들려주었을 것이다. 이제 생각해 보니, 아버지는 작은 명함통을 갖고 있었고 다른 빅토리아 시대 신사들처럼 일요일 오후에 지인들을 방문했다. 내가 그리는 그림이 너무 어둡게 채색되어 있음이 분명하다. 어머니가 돌아가시기 전 1880년대와 1890년대에 레슬리 스티븐이 세상에 내보인 모습은 케임브리지 출신의 강판 조각 지식인만은 아니었을 것이다. 50세의 그는 매력적인 남자였을 터다. 어린 자식 넷과 아름다운 아내를 둔 남자였다. 그 남자는 정장 차림으로 응접실에 들어섰고, 런던 도서관 회의를 주재하거나 옥스퍼드 혹은 케임브리지 대학교의 학위 수여 정찬 파티에 참석할 때처럼 의기양양한 태도로 고스 부인이나 레이디 로머, 부스 부인 혹은 레이디 리틀턴과 팔짱을 끼고 만찬 식당에 내려갔다. 응접실, 만찬 식당, 위원회에서 별나게 굴거나 분노를 터뜨리지 않고 정상적으로 자기 역할을 수행한 레슬리 스티븐이 있었다. 그런데도 나는 연미복 차림의 아버지를 상상할 수 없다. 온갖 잡담을 듣고 농담도 즐기는 지식인이자 후기 빅토리아 시대의 유복하고 사교적인 남자를 상상할 수 없다. 부스 집안의 자녀들이 자기 아버지를 따라 무도회에 갔다고 말했을 때 내가 깜짝 놀라고 질투를 느꼈던 기억이 있다. 찰스 부스는 "내 양떼를 몰고 갔다."라고 농담했고 그가 메그와 이모겐을 파티에 데려갔다는 것을 알았을 때 나는 얼마나 놀랐는지 모른다. 아버지와 어머니가 마차를 타고 외출할 때 에이미는 실내용 모자를 쓰고 앞치마를 두른 채 거리에 서서 승차장의 마차를 불렀다. 마차가 움직일 때까지 호루라기를 두 번 날카롭게 불어 대면 때로 마차 두 대가 경주하듯 달려와서 어느 쪽이 먼저 왔는지 언쟁을 벌이기도 했다. 부모님이 정문에서 계단을 내려가 거리에 내려서면 아버지의 모습이 내 시야에서 사라진다. 나는 연미복 차림의 아버지를 본 사람을 만난 적이 없다. 여러 회고록에서도 그런 차림의 아버지에 대한 묘사를 읽은 적이 없다. 하지만 아버지는 여자들에게 매력적인 인물이었다. 여자들에게 친절하고 다정한 아버지의 태도로 판단하건대 젊고 사랑스러운 여자에게 종종 매력을 느꼈던 것 같다. 그레이 부인이라는 미국 여성의 이름이 떠오르고, 아버지의 수염에서 빵 껍질을 떼어 내며 "예쁜 숙녀들에게 추파를 던졌다."라고 아버지를 놀려 주라던 어머니의 언질이 기억난다. 내가 그렇게 말해도 아버지는 내게 화내지 않았다. 내가 앵무새처럼 흉내 냈기 때문이다. 그렇지만 아버지가 갑자기 충격을 받고는 콧방귀를 뀌려다가 억누르고 그런 농담은 절대로 참지 않겠다고 내게 알려 주려는 듯 뭐라고 힘주어 말했던 기억이 난다. 그 충격에 이어 아버지가 힘주어 말했던 또 다른 기억이 떠오른다. 우리가 어머니의 눈이 큰지 작은지 논쟁을 벌일 때였다. 그때 아버지는 "네 어머니의 눈은 세상에서 가장 아름다운 눈이야."라고 역설했다. 그렇더라도 나는 아버지가 랭트리 부인의 미모에 매혹되었고, 지극히 정상적으로 남자로서 마음이 동했으며, 실은 그녀를 보기 위해 연극에 갔던 사실을 즐겁게 기억한다. 그것이 아버지의 근엄한 모습에 인간미를 더해 주기 때문이다. 아버지는 그 외의 경우에 절대로 연극을 보러 가지 않았다. 화랑에도 가지 않았고, 음악에 대한 이해도 전혀 없었다. 조아킴이 리틀홀란드하우스에서 연주했을 때 아버지는 언제 연주가 시작되느냐고 물었다. 베토벤이나 모차르트의 음악이 그의 귀에는 조율하는 소리로 들렸을 뿐이다. 아버지는 평생 이탈리아나 프랑스를 여행하려고 생각한 적이 없었다. 외국에 나간다면 오로지 산에 오르거나 산을 바라보러 스위스에 갔을 뿐이었다.

1940년 7월 뜨거운 여름날 다시 메클렌버그 광장. 침략이 임박했다. 내 책[2]이 출간되었다. 나는 녹초가 되고 정신이 산만해서 자유롭게 쓸 수 있는 이 글로 돌아왔다.

당시 나는 사교적인 아버지를 알지 못했다. 작가인 레슬리 스티븐과 관련해서는 물론 그의 저서에서 아버지를 이해할 수 있다. 많은 사람들이 아버지를 차갑고 냉소적이라고 생각했고 또 많은 사람들이 무섭고 거칠고 범접할 수 없다고 생각했지만 또 아주 많은 작가들과 학자들의 존경을 받은 레슬리가 있다. 여러 사람들의 회고록에서도 그를 찾아볼 수 있다. 아버지는 스티븐슨과 고스와 함께 점심 식사를 할 때 말 한마디 하지 않았고, 차갑고 긴 손을 늘어뜨리고 부채 모양의 수염을 가슴팍에 늘어뜨린 채 고요히 앉아 있었다. 나는 아버지의 저서를 읽을 때 아버지를 비판적으로 파악한다. 또한 내 생각을 완벽하게 다듬기 위해서, 가령 콜리지를 읽고 있으면 콜리지에 관해 충실하게 생각하기 위해서 늘 『서재에서의 시간』[3]을 읽는다. 그리고 내 유동적인 생각을 보완하거나 수정하고 강화해 줄 무언가를 그 책에서 항상 찾아낸다. 그 책에서 예리한 마음이나 상상력이 풍부한 마음, 암시적인 마음을 보는 것은 아니다. 오히려 그 반대로 강한 마음, 야외에서 황야를 활보하는 건강한 마음, 조급하고 편협한 마음, 자기 나름의 정직

---

2   로저 프라이의 전기가 7월 25일에 출간되었다.

3   레슬리 스티븐의 영문학에 관한 평론집으로 총 세 권으로 되어 있다.

성과 도덕성의 기준을 온전히 받아들이고 추호의 의심도 없이 이런 사람이 좋은 남자이고 좋은 여자라고 평가하는 관습적인 마음을 발견한다. 나는 근육질의 무신론자 레슬리 스티븐을 이해한다. 그는 쾌활하고 원기왕성하며, 양식과 남성다움을 늘 자랑하고, 감상과 모호함을 비판하며, 그러면서도 적절한 곳에 감상을 살짝 끼워 넣어 "정교한 감수성…… 철저히 남성적인…… 여성적 섬세함…… 더 이상 말하지 않겠다."라고 썼다. 이는 매우 단순하게 구성된 세계관을 보여 준다. 당시 세계는 훨씬 단순했을 것이다. 우리의 것과 비교한다면 흑백 세계였고, 협잡질을 위시해서 파괴되어야 할 것과 가정적 미덕을 위시해서 보존해야 할 것이 명백한 세계였다. 나는 그 레슬리 스티븐을 (웃으며) 찬탄하고 나중에는 질투하기도 했다. 하지만 그는 내 타고난 취향에 맞는 작가가 아니다. 그래도 개가 어쩌다 풀을 한 입 뜯듯이 나는 그의 책을 약처럼 한 입 삼킨다. 그러면 자식으로서가 아니라 독자로서의 애정이 나도 모르게 종종 솟아오른다. 그의 용기와 소박함, 힘과 의연함, 외관의 무시에 대한 애정이다.

그의 저서를 통해서 지금도 나는 작가인 아버지에 접할 수 있다. 그런데 바네사와 내가 집안일을 물려받았을 때 나는 사교적인 아버지를 전혀 알지 못했다. 작가인 아버지는 내가 지금 책에서만 보게 되는 아버지보다 훨씬 까다롭고 억압적이었다. 당시 나를 지배한 것은 폭군 아버지였다. 까다롭고 난폭하고, 연극조로 과장하고, 감정을 노골적으로 드러내고, 자기중심적이고, 자기 연민에 빠져 있고, 귀가 멀었고, 애원하고, 사랑과 증오를 번갈아 부르는 아버지였다. 나는 야수와 한 우리에 갇혀 있는 기분이었다. 열다섯 살의 내가 늘 불안해서

깩깩거리며 견과를 부수거나 내뱉고 껍질을 내던지며 얼굴을 찡그리고 어두운 구석에 뛰어들었다가 미친 듯이 우리 안을 배회하는 원숭이라면, 그는 뚱한 얼굴로 천천히 어슬렁거리는 위험한 사자였다. 분노와 상처로 부루퉁한 그 사자는 갑자기 사납게 굴다가 다음 순간에는 아주 겸손해졌고, 그러다 당당하게 굴고 다음 순간에는 파리에 시달리며 먼지 덮인 구석에 누워 있었다.

이제 1897년 7월의 그 사자 우리(하이드파크 게이트 22번지)를 묘사해 보겠다. 이틀 전 밤에 메클렌버그 광장의 집에 누워 잠을 이루지 못해 나는 그 우리의 방들을 하나씩 돌아보았다. 우선 지하실의 하인들 거실이 떠올랐다. 집 뒤편에 있던 그 방은 천장이 낮고 어두웠다. 한쪽 벽에 붙어 있는 긴 의자는 번들거리는 검은 미국산 천에 싸여 있었다. 그 위 벽면은 거대하고 금이 간 패틀 부부 초상화로 뒤덮였다. 발등 위에서 끈을 묶는 꼭 끼는 바지를 입고 흰 양말을 신은 헌칠한 청년이 기억난다. 위층의 와츠 초상화와 견주면 그 초상화는 너무 크고 금이 간 데다 형편없어서 그 방으로 추방되었더랬다. 창문 앞에 덩굴이 늘어졌고 여름에는 손 모양의 반투명한 나뭇잎들이 이어졌기에 그 초상화는 거의 보이지 않았다. 저 여자는 누구지? 여자도 보이지 않고, 다른 것들도 보이지 않았다. 창밖에는 덩굴 식물을 지탱하는 철제 격자 구조물이 있고, 먼지 냄새를 풍기는 작은 구역들이 합쳐진 뒤뜰이 벽으로 둘러싸여 있다. 복도의 목제 찬장이 기억난다. 타르를 칠한 끈으로 묶인 장작더미가 있었다. 한번은 내가 무언가를 조각하려고 나무 토막을 찾아 뒤질 때 구석에서 반짝이는 두 눈이 보였다. 들고양이가 살고 있다고 소피가 알려 주었다. 들고양이는 거기 살고 있었을 것이다. 지하실은 하녀 일곱 명이 살기에 어둡고 비위생적이었다. 우리가 식당에서 공부하고 있을 때 어느 하녀가 갑자기 "저긴 지옥 같아요."라고 어머니에게 소리쳤다. 당장 어머니는 빅토리아 시대 중년 부인의 냉랭하고 위엄 있는 태도를 취했고 (아마도) "여기서 나가게."라고 말했을 것이다. 그녀(불운한 하녀)는 붉은 벨벳 커튼 뒤로 사라졌다. 반원형 철사 테가 둘러지고 큰 금색 손잡이로 고정된 커튼 뒤에 식품 저장실로 나가는 문이 있었다.

우리는 베이즈 천이 깔린 긴 식탁에서 공부했다. 내가 좋아한 오팔 반지를 낀 어머니의 손가락이 프랑스어와 라틴어 문법 항목을 찾아 가리켰다. 식당의 작은 두 창문은 한끝에 암녹색 병 유리로 채워져 있었다. 움푹 들어간 벽에 들어맞게 짜인 육중한 식기 찬장 위에는 푸른 도자기 쟁반과 술통 모양의 과자 깡통이 놓여 있었다. 식당에는 포도주와 시거, 음식 냄새가 약간 배어 있었다. 천장의 채광창에서 빛이 들어왔는데, 그 창유리 하나가 바람에 들려 머리 위로 떨어질까 봐 나는 몸서리를 치곤했다. 벽마다 조수아의 판화가 걸려 있고, 구석의 얼룩덜룩하고 노란 대리석 받침대에 제임스 스티븐의 흉상이 올려져 있었다. 얼굴이 흰 외눈박이 스티븐은 리젠트파크의 에이드리언 집 현관을 지금도 관장하고 있다. 빅토리아 시대의 전형적인 식당이었다. 등받이가 높고 앉는 곳은 붉은 벨벳에 덮이고 조각이 새겨진 참나무 의자들이 완전히 세트를 이루었다. 저녁이면 정찬 식탁에 은제 촛대와 접시, 나이프와 포크, 냅킨이 차려져 축제 분위기를 물씬 풍겼다. 나선형으로 휘어진 층계를 내려오면 현관에 이른다. 현관에 개가 누워 있고 그 옆에 노란 황 조각이 든 물 사발이 있다. 푸른 도자기가 장식된 진열장이 현관문을 향해 서 있고, 그 위에 금색 자판의 시계가 올려져 있다. 현관에 삼각형 의자가 있고 양탄자를 보관한 궤가 있다. 이 궤 위에 명함이 수북이 쌓인 은제 접시와 조지와 제럴드의 실크해트를 반반하게 손질할 벨벳 장갑이 있다. 벽난로 위에 박힌 긴 초콜릿색 판지에는 "신사가 된다는 것은 무엇인가? 여자에게 친절하고 하인에게 관대한 것……"이라고 적혀 있었다. 그다음 구절도 줄줄 외웠지만 지금은 기억나지 않는다. 새커리가 썼을 그 문장을 권두 삽화라도 되는 양 판지에 적어 현관 벽에 붙여 두다니 얼마나 순진하고 놀랍도록 소박한 마음을 드러내는가.

현관에서 앞쪽과 뒤쪽의 두 응접실로 들어갈 수 있었다. 거리를 향한 앞쪽 응접실은 비교적 밝았고, 와츠가 그린 아버지의 초상화가 문을 향해 걸려 있었다. 아버지는 실물보다 미화된 초상화 앞으로 감탄하는 숙녀들을 데려가서 잠시 멈춰 흐뭇한 눈으로 찬찬히 바라보곤 했다. 하지만 "저 초상화 속의 내가 족제비처럼 보인다고 로웰이 얘기하더군."이라고 말한 적이 있다. 그랜드 피아노 위에 크리스마스 선물이 있고, 창가에 스텔라의 탁자가 있다. 원치 않았지만 몽크스하우스까지 나를 따라온 그 작은 접이식 탁자를 중앙의 둥근 탁자에 덧붙이면 다탁이 되었다. 가정생활의 중심이자 핵심인 다탁을 둘러싸고 수많은 사람들이 앉았다. 다탁의 잔칫날인 일요일이면 일요일의 갈색 롤빵, 버터를 바른 흰색과 갈색의 얇은 빵 조각들이 조가비 모양의 분홍 접시에 수북이 담겼다.

빅토리아 시대 가정생활의 중심은 식탁이 아니라 다탁이었다. 적어도 우리 집에서는 그랬다. 야만인들도 어떤 나무나 화로 주위에 온 가족이 모일 것이다. 우리 집의 중심, 그 신성

한 장소는 둥근 다탁이었다. 그곳이 단란한 가정의 중심이자 핵심이었다. 아들들은 일하다가 저녁에 그 중심으로 돌아왔고, 어머니는 그 화로의 불을 보살피며 차를 따랐다. 마찬가지로, 이인용 침대가 있는 2층 침실은 성의 중심이었다. 집안에서 출생의 중심이자 죽음의 중심이었다. 그 침실은 넓지 않았다. 그러나 벽들이 가장 강렬한 행위와 말을 포착해서 축적한다면, 그 벽들은 가정생활의 가장 은밀한 존재를 이루는 모든 것들로 흠뻑 젖어 있을 것이다. 그 침대에서 네 아이가 잉태되었고, 그곳에서 태어났다. 그 침대에서 어머니가 먼저 돌아가셨고, 그다음에 아버지가 앞에 걸린 어머니의 사진이 내려다보는 가운데 돌아가셨다. 그 침실 위로 세 층에 걸쳐 방들이 있었다. 부모님의 침실 바로 위에는 조지와 제럴드, 스텔라의 침실 세 개가 있고, 그 위층에는 아이들의 놀이방과 침실이 있었다. 그 위층에는 높은 천장의 목재가 누렇게 얼룩진 큰 서재와 하인들의 침실이 있었다. 그 높고 어두운 집은 층마다 풍기는 냄새가 달랐다. 한 층계참에서는 늘 양초 기름 냄새가 났는데, 큰 찬장 위에 침실 양초를 모두 올려 두었기 때문이다. 다른 층계참에는 화장실이 있고 수채 옆에는 뜨거운 물을 담는 놋쇠 물통이 줄지어 서 있었다. 또 다른 층계참에는 단 하나뿐인 가족 욕조가 있었다.(평생 아버지는 평평한 비누 받침대가 달린 노란 양철 욕조에서 몸을 씻었다.) 더 올라가면 예전에 마실 물을 공급했을 갈색 여과 장치가 있었다. 우리가 살던 시절에는 물이 한 방울씩 뚝뚝 떨어지기만 했다. 서재가 있는 꼭대기 층계참에는 카펫이나 그림이 없어서 휑하니 약간 초라했다. 한 번은 파이프가 터졌을 때 놀러왔던 어떤 청년(피터 스터드였던가?)이 돕겠다고 자청하고는 양동이를 들고 위층으로 뛰어 올라갔다가 하인 침실에까지 들어갔다. 그가 그 초라한 방들을 보았겠기에 어머니가 약간 화도 나고 부끄러운 기색이었던 것을 나는 알아차렸다. 가족이 늘어났을 때 증축된 아버지의 큰 서재는 천장이 아주 높고 창문이 세 개 달려 있으며 벽면이 사방 책으로 덮인 멋진 방이었다. 미국 천으로 감싸인 낡은 흔들의자는 집안의 두뇌와 다름없는 이 서재의 중심이었다. 아버지는 위아래로 흔들리는 푹 꺼진 의자에 파묻혀 자신의 책을 모두 집필했다. 의자가 너무 깊어서 그의 발은 바닥에서 들려 있었다. 의자에는 필기용 판자가 가로로 붙어 있고, 큰 이절지의 중간이 늘 접혀 있어서 아버지는 여백에 수정할 수 있었다. 한쪽에 아버지의 멋진 강철 펜이 있고, 기묘하게 생긴 사기 잉크병은 뚜껑이 닫혀 있었다. 그의 모든 저서는 그 잉크병에 적신, 조셉 길로트가 만든 긴 펜대의 강철 펜 끝에서 나왔다. 그 펜대에 부드럽고도 단단하게 닿은 그의 집게손가락 마디에 작고 납작한 굳은살이 있던 것이 기억난다. 와츠가 그린 민니의 초상화(매력적이고 수줍은 얼굴)가 벽난로 위에 걸려 있다. 멀리 풍경 속에 파묻히다시피 한 그녀는 고귀하거나 용감하기보다 수줍고 상냥하게 보인다. 창가 구석에는 녹슨 등산용 지팡이들이 세워져 있다. 기다란 세 창문에서 내다보면 켄싱턴의 지붕들 너머로 우뚝 솟은 세인트 메리 애버츠 성당이 보였다. 그 성당에서 전통적인 결혼식이 거행되었고, 어느 날인가 아버지는 거기서 독수리를 보았다. 그 새가 독수리라는 것을 당장 알아보다니 아버지답다고 나는 생각했다. 아버지는 그것이 동물원에서 달아난 독수리라는 것을 신문에서 확인했다. 아버지는 런던 상공을 날아다니는 야생 독수리에 관한 허튼 이야기를 지어낼 사람이 아니었다. 서재에서는 늘 담배 냄새가 났다.

집에서 내려다보면 거리는 막다른 골목이었다. 우리 집은 골목 끝의 휑한 벽돌담 가까이 있었다. 하이드파크 게이트는 해머스미스에서 피타딜리까지 이어지는 대로에 작은 고리처럼 붙어 있는 포장도로였지만 어디에도 이르지 않아 시골길 같았다. 보도를 따라 때각때각 걸어오는 발소리가 들렸다. 서로 마주칠 때 사람들은 대부분 고개를 숙여 인사했다. 다가오는 사람이 누구인지 알아보았다. 저 사람은 잘생기고 유명한 뮈어매켄지 부인이다. 저 여자는 창백한 레드그레이브 양이고, 저 여자는 코가 붉은 레드그레이브 양이다. 상복 차림에 베일을 내린 저 사람은 늙은 레드그레이브 부인으로 바퀴 달린 환자용 의자에 앉아 레드그레이브 양을 데리고 외출한 참이다. 비가 오면 그녀는 유리판을 내렸고, 그래서 유리 상자에 보관된 박물관 표본처럼 보였다. 각진 계단들이 기묘하게 이어진 집에 간호사들이 "마님"이라고 부른 노년의 크래프튼 공작 부인이 살고 있었다. 유명한(어쩌면 악명 높은) 비덜프 마틴 부인은 부유한 미국인이었는데 그녀의 정원 담장이 툭 튀어나와 있었다. 그 벽에 시멘트를 바르는 일꾼들에게 "공사를 잘해 주면 좋겠네요?"라고 조지가 말했다. 그들은 명령에 따를 뿐이라고 대답했고 그 담장은 계속 불거져 나와 있었다. 비덜프 마틴 부인이 악명을 얻은 것은 여성 권리 운동과 관련되었기 때문일 것이다. 우리 이웃 애슈턴 딜크 부인도 분명 그러했다. 어떤 회의에서 한 남자가 그녀에게 돌을 던진 적도 있었다. 투표권이 없더라도 여자들은 집안에서 할 일이 많다고 주장하며 참정권 반대 성명에 서명했던 어머니는 우리를 통해 친절하게도 딜크 씨네 가정 교사의 안부를 물었다. 그런데 딜크 부인은 그 엉뚱한 면을 제외하면 유행에 민감한 멋쟁이였다. 아주 예쁜 데다 옷을 맵시 있게 입어서 우리는 그녀의 새 드레스를 알아보았고 "딜크 부인은 새 옷을 어머니보다 훨씬 많이 갖고 있어요."라고 말하곤 했다. 어머니는 새 옷을 사는 일이 없었고, 늘 삯바느질 하는 여자가 만든 수수한 검정 드레스를 입었다. 거리를 따라 올라가면 민니 숙모의 집이 있었다. 숙모는 늘 변함없는 앵무새와 변함없는 이탈리아인 남자 하인과 외롭게 살았다. 하인은 바뀌었지만 그의 이름은 언제나 안젤로였다. 체구가 작고 항상 기름에 절어 있던 그는 지하실에서 셔츠 바람으로 우리와 바가텔 게임을 했다. 거리 중간쯤에 계단이 많고 대문이 걸린 집은 큰 개로 유명했다. 거기 살던 모드라는 가족은 가난하고 미덥지 못하며 평판이 나빴다. 그들은 세금을 내지 못해 대문을 잠갔고 그 뒤에서 큰 개가 빚을 독촉하러 온 자들을 겁주었다. 지나가는 사람이 있으면 짖어 대며 계단을 뛰어 내려왔다. 어느 날인가는 나를 넘어뜨렸고, 내 팔을 물었는지 어쨌는지 멍이 들었다. 그러자 동네 사람들이 모여서 즉결 심판 소송을 제기했는데 치안 판사인 플로덴 씨가 내 상처(혹은 내 감정 상태)에 충격을 받고는 그 개를 죽이라고 명령을 내렸다. "그렇지만 우리가 개를 죽이자는 건 아니에요."라고 매켄지 부인이 주장했다. "다만 개를 억류해야 한다는 거지요." 사람들은 모드 씨네 가엾은 딸들의 잘못이 아니라고 동의했다. 잠긴 대문 뒤에 살면서 빚 독촉자들을 겁준 예쁘고 가무잡잡한 아가씨들은 평판이 나쁜 부모들이 수치스럽게도 감옥에 갇혀 있기에 동정을 받아야 했다.

하이드파크 게이트의 주민들은 서로를 알았고, 모두의 사정을 자질구레한 것까지 다 알았다. 익숙한 얼굴이 다가오는 것을 싫어한 나 같은 사람에게는, 매켄지 가족이나 레드그레이브 가족이 점점 가까워져서 어쩔 수 없이 걸음을 멈추고 미소라도 지어야 하는 일이 고역이었다. 거리에 늘어선 주택은 모두 개인 집이었는데, 우리 집처럼 높이 솟은 곳도 있고 레드그레이브의 집처럼 시골 저택과 비슷하게 길고 나지막하게 지어진 곳들도 있었다. 어떤 집에는 좁고 긴 정원이 있었고, 거리와 같은 높이의 땅에 지어진 집들도 있었다. 그런데 거리를 향하고 있는 집들은 유형화되어서 기둥을 세우고 그 상단을 화려하게 장식했다. 지금은 믿기 어렵지만 그런 과시적인 집들 중 일부에는 사륜마차가 있었는데, 마부와 종복이 파우더를 뿌린 가발을 쓰고 노란 벨벳 반바지를 입고 실크 스타킹을 신었던 것이 기억난다. 그렇다고 그 주인들이 특별히 유력한 인사인 것도 아니었다. 그래도 그런 호사를 부리는 것을 누구도 이상하게 생각하지 않았다. 하이드파크 게이트의 여섯 채 중 한 집은 마차를 소유했을 것이다. 그러지 못한 집은 중앙의 넓은 마당에서 마차를 대여하는 홉스에게서 마차를 빌렸다. 아버지의 표현대로 마을로(런던 시내로) 타고 갈 것은 붉은 승합 마차밖에 없었고, 여유가 된다면 승차장에서 이륜마차나 사륜마차를 불러올 수 있었다. 유황 냄새가 나고 연기 자욱한 지하도에서 어쩌다 운행되는 지하철은 멀리 켄싱턴 하이 스트리트나 글로스터 로드까지 가야 탈 수 있었다. 부모님은 늘 붉은 승합 마차를 탔다. 낮에 이륜마차를 타는 사치는 누려 보지 못했다. 어머니는 물건을 사고 친지들을 방문하고 병원과 구빈원을 찾아다니고 수많은 곳을 돌아다니면서 언제나 승합 마차를 탔다. 어머니는 승합 마차의 전문가였다. 붉은 마차에서 푸른 마차로, 푸른 마차에서 노란 마차로 재빨리 갈아탔고, 어떻게 해서인지 마차들을 연결지어 자신을 런던 전역으로 실어가게 했다. 때로 어머니는 파김치가 되어 집에 돌아와서는 마차를 놓쳤다거나 마차가 사람들로 혼잡했다거나 어머니가 즐겨 타는 마차들이 다니는 구역을 넘어 멀리 나갔었다고 말했다. 그러나 마차에서 있었던 일을 들려주는 경우가 더 많았다. 차장과 나눈 이야기라든가 다른 승객이 들려준 이런저런 얘기를. "그 여자가 앉아서 울기에 내 향수병을 빌려줄 수밖에 없었어."라고 어머니가 말했던 기억이 난다. 아버지는 늘 마차 위층으로 올라가서 담배를 피웠다. 어머니는 절대로 위층에 올라가지 않았고, 할 수만 있으면 구석자리에 앉아서 차장에게 말을 걸었을 것이다. 땅딸막한 말 두 마리가 터벅터벅 거리를 따라가는 동안 차장은 자신의 고충을 들려주곤 했다. 승합 마차의 노쇠한 말들은 승객들을 태우고 멈추는 일을 계속하다 보면 몸이 상해서 일이 년밖에 살지 못한다고 했다. 일 년에 한 번 크리스마스 즈음이면 마부석에 매달린 꿩 한 쌍이 보였다. 로스차일드 가문의 선물이었다.

거리에는 말들이 즐비했다. 마차들 사이에서 튀어나온 소년들이 김이 나는 누런 말똥을 삽으로 치웠다. 말들은 발길질을 하거나 뒷다리로 서고 힝힝거렸다. 달아나는 일도 종종 있었다. 하이 스트리트에서 마차들이 충돌한 적도 있다. 말들이 버둥거리며 전진하다가 놀라서 뒷걸음질치고 뒷다리로 일어서기도 했고 바퀴들이 빠져나왔다. 거리는 말들과 말 냄새로 진동했다. 장미 모양 리본을 귀에 건 말끔한 말들은 은은한 빛을 발했다. 종복들은 꽃 모양 모표가 달린 모자를 썼다. 빛나는 은색 마구에 거품 얼룩이 있고, 마차 외부의 금속판에는 보관과 문장이 그려져 있었다. 거리의 말발굽 소리와 급히 굴러가는 바퀴 소리 사이로 흔들리며 짤랑거리는 마구의 금속성 소음이 들려왔다. 우리가 사는 조용한 하이드파크의 막다른 골목(아버지의 표현으로는 "낙후지")에는 이륜마차나 작고 높다란 푸줏간 수레, 개인의 사륜마차만 홀로 따각거리며 내려왔다.

그 높다란 집에서 내 방은 뒤편에 있었다. 스텔라가 결혼했을 때 바네사와 나는 각자 침실 겸 거실을 쓰게 되었다. 이는 열여덟 살의 바네사와 열다섯 살의 내가 어린 숙녀가 되었다는 것을 뜻했다. 예전에 아이들의 공용 침실이었던 내 방은 좁고 기다랬고, 창문이 두 개 달려 있었다. 벽난로가 있는 쪽은 거실이고, 세면대가 있는 쪽은 침실이었다. 그 방을 꾸미는 비용은 아마 조지가 부담했을 것이다. 아이들 침실의 흔적은 모두 치워졌다. 거실 쪽에는 내 고리버들 의자와 스텔라의 필기용 탁자가 놓였다. 스텔라의 탁자는 그녀가 도안한 대로 다리가 교차하고 녹색으로 착색되어 갈색 이파리 무늬로 장식되어 있었다.(당시에는 착색하고 에나멜을 입히는 등의 셀프 인테리어가 큰 유행이었다.) 그 탁자에 내 그리스어 사전과 그리스 희곡이나 다른 책이 놓여 있고 작고 다양한 잉크병과 많은 펜이 있었다. 압지 밑에는 가족들이 놀릴 정도로 아주 작고 비뚤어진 글씨체로 내밀한 글을 잔뜩 써넣은 이절지 종이들이 숨겨져 있었을 것이다.

침실 쪽은 긴 치펀데일(모조) 거울이 군림하고 있었다. 내가 거울을 들여다보며 머리 손질법을 배우고 전체적으로 외모에 신경을 쓰기 바란 조지의 선물이었다. 거울과 창 밑 세면대 사이에 침대가 있었다. 여름밤이면 창문을 열어 놓고 누워서 하늘을 올려다보며 (당시 내가 썼던 이야기를 되돌아보면) 별에 대해서, 이집트의 미개인들이 별을 어떻게 바라보았을지 생각했고 귀를 기울이기도 했다. 아주 멀리서 마차 소리가 들려왔다. 좁은 거리에서 따가닥거리는 말발굽 소리와 바퀴 소리, 양동이의 덜거덕 소리가 올라왔다. 맞은편 퀸스게이트 거리의 뒤쪽 창문 중 하나에서 옷을 입고 벗는 앨프리드 라이얼 경의 모습이 보였다. 창문 하나가 깨져 있었다. 그곳에는 신랑이 나타나지 않았거나 신부가 죽었기 때문에 아직 손대지 않은 혼인 잔칫상이 차려져 있다고 하인들이 말했다. 분명 먼지가 끼고 부서진 창문이 있었다. 여름밤에는 이따금 무도곡이 들렸고 춤추는 사람들이 창틀에 나와 앉거나 계단 위 창가를 오락가락 거니는 모습이 보였다. 어느 날인가 잠이 오지 않아 뒤척이는데 어떤 추잡한 노인이 헉 소리를 내고 꺽꺽거리며 노망으로 음탕한 소리를 내는 것 같아서 더럭 겁이 났다. 그것이 고양이였음을, 고양이가 교미하며 울부짖는 소리였음을 나중에 알았다. 조지가 아래층에 보관해 둔 낡은 전구를 고양이들에게 던졌는데 그러면 벽에 부딪혀 팝팝 소리와 함께 폭발하곤 했다. 바네사가 파티에서 돌아와 나를 보러오기를 기다리며 2~3시까지 깨어 있을 때도 종종 있었다. 촛불을 켜놓고 책을 읽다가 바네사와 제럴드가 다가오는 소리가 들리면 촛불을 불어 껐다. 그러나 제럴드는 말랑말랑한 양초 위쪽을 더듬어 보고는 내 소행을 간파했다.

내 방의 거실 쪽과 침실 쪽, 어디를 먼저 묘사할까? 두 부분을 각각 묘사해야 하지만 늘 뒤섞인다. 두 부분은 서로 싸웠다. 다시 말해서 나는 그 방에서 격렬한 분노에 휩싸이거나 절망에 빠지고 황홀경에 빠지는 일이 비일비재했다. 책을 읽다가 완벽한 행복감으로 무아지경에 잠기기도 했다. 그러고 있을 때 에이드리언과 조지, 제럴드, 잭, 아버지가 들어오기도 했다. 아버지 때문에 몹시 화가 나면 나는 내 방으로 달아나서 빨갛게 달아오른 얼굴로 서성이곤 했다. 어느 날 저녁 매지가 들어섰을 때는 너무 행복한 나머지 말을 이을 수 없었다. 그 방에서 나는 홀로 그리스어를 읽으며 긴 오전 시간을 보냈다…… 아버지가 돌아가셨을 때 제럴드가 나를 데리러 그 방에 왔다. 그곳에서 처음으로 그 무시무시한 목소리들을 들었다…….

지금은 호텔 손님을 위한 작은 침실들로 쪼개졌을(우리가 이사한 후 그 집은 게스트하우스가 되었다.) 그 방이 그곳에 살던 유령들을 불러낼 수 있다면, 버밍엄 출신의 사업가나 왕립 미술원을 둘러보러 첼트넘에서 온 숙녀는 재미있어하면서도 연민을 느낄지 모른다. 그들 중 누군가는 열다섯 살 소녀에게 매우 이상하고 불건전한 생활이었으리라고 말할지 모른다. "요즘은 절대로 이렇게 생활할 수 없어요."라고 덧붙일 게다. 그들 중 누군가 『등대로』나 『자기만의 방』, 『일반 독자』를 읽었다면 "이 방을 보니 많은 부분이 이해되는군요."라고 말할지 모른다.

그러나 하이드파크 게이트의 뒷방에 살 때 나는 물론 버밍엄의 사업가나 첼트넘의 숙녀에 대해 생각하지 않았다. 하지만 생각하고, 느끼고, 두 반쪽이 상징하는 두 가지 삶을 강렬하게 살고 있었다. 그 둔탁한 강렬함은 나비나 나방이 바들바들 떨리는 끈적거리는 다리와 더듬이로 번데기를 밀어내고 나와서 아직 날개가 접힌 채 눈부셔하며 날지 못하고 부서진 번데기 옆에서 잠시 떨면서 느낄 법한 것이었다.

열다섯 살이든 아니든, 민감하든 그렇지 않든, 누구나 과거에 일어난 일에서 극히 예리한 아픔을 느꼈을 수 있다. 어머니의 죽음은 늘 잠재한 슬픔이었다. 열세 살의 나이에는 그 슬픔을 극복할 수도, 직시할 수도, 처리할 수도 없다. 그런데 이 년 후 스텔라의 죽음은 다른 개체에 달려들었다. 특히나 보호받지 못하고, 미숙하고, 방어막이 없고, 불안하고, 감수성이 예민하고, 예감에 사로잡힌 마음과 존재에. 열다섯 살의 마음과 몸은 늘 그러할 것이다. 그러나 이 특정한 마음과 몸의 표면 밑에는 다른 죽음이 잠겨 있었다. 어머니의 죽음이 무슨 의미를 띠는지를 충분히 의식하지 못했더라도 나는 이 년간 무의식적으로 그 의미를 흡수해 왔다. 스텔라의 말없는 비탄을 통해서, 아버지의 노골적인 비탄을 통해서, 달라지고 중단된 모든 것을 통해서. 사교적 모임과 흥겨운 놀이가 중단되었고, 세인트아이브스의 별장을 포기했고, 검은 옷을 입었고, 많은 것이 삼가졌고, 어머니의 침실 문이 잠겼다. 이 모든 것이 내 마음을 바꾸어 불안감에 시달리게 만들었다. 그래서 스텔라의 행복을 바라고 그 덕분에 그녀와 우리가 음울한 상태에서 벗어날 수 있기를 지나치게 열망하게 되었으리라. 그러다 또다시, 더욱더 믿을 수 없이, 거짓말처럼, 그 갈망이 난폭하게 기만당한 것 같았다. 아니, 바보처럼 그런 희망을 품지 말라는 폭언을 들은 것 같았다. 스텔라가 죽은 후 내가 중얼거렸던 말이 기억난다. "하지만 이건 있을 수 없어. 세상은 이렇지 않아. 이럴 수는 없어." 그 타격, 두 번째 죽음이 나를 내리쳤다. 아직 접힌 날개로 부서진 번데기 옆에 앉아 떨고 있는 몽롱한 눈의 나를.

어제(1940년 8월 18일) 독일 폭격기 다섯 대가 몽크스하우스 옆을 지나가면서 대문에 서 있는 나무를 스쳤다. 하지만 오늘 나는 살아 있고 시간이 남아서 (지금 소설을 쓰고 있는데 12시 이후에는 쓸 수 없어서) 이 산만한 글을 이어 가려 한다.

내가 그 방을 갖게 되었을 때, 즉 열다섯 살이 되었을 때, 우리 넷이라고 불렸던 형제자매들은 흩어지게 되었다. 우리가 각자의 방을 갖게 된 것은 그 상징이었다. 하지만 사내애들이 사립 학교에 진학하고 여자애들은 집에 남을 때 흔히 그렇듯 남자와 여자, 형제와 자매로 분리된 것은 아니었다. 어머니와 스텔라의 죽음이 우리를 하나로 묶어 주었을 것이다. 우리는 두 사람의 이름을 절대로 입에 올리지 않았다. 스텔라라는 이름의 배가 난파했을 때 토비가 그 이름을 언급하지 않으려고 무척 어색하게 굴던 일이 기억난다. (토비가 죽었을 때 에이드리언과 나는 "이제 죽은 사람이 너무 많으니" 토비 얘기를 계속 하자고 동의했다.) 이 침묵은 무언가를, 대부분의 가족들은 갖지 않은 무언가를 감추었다고 우리는 느꼈다. 하지만 이런 결속이 없더라도 나는 아주 어렸을 때부터 바네사와 토비와 친했으므로 나를 묘사하려면 먼저 그들을 묘사해야 한다.

스텔라가 죽었을 때 토비는 나보다 두 살 많은 열일곱이었다. 하지만 오래전부터 나는 토비를 예리하게 의식했다. 그는 꼬마일 때도 우리들 사이에서 지배적이었다. 그는 주제넘게 나설 수 있었다. 그는 영리하지 않았고, 이야기를 재미있게 잘하는 아이도 아니었다. 행동이 어설프고 서툰 꼬마였고 노퍽재킷이 터질 정도로 뚱뚱했다. 그는 우리들의 세계를 지배하며 이끌었고, 어른들에게도 만만찮게 굴었다. 한두 번인가 아버지를 불러와야 했다. 토비가 호랑이처럼 제럴드에게 달려들었던 일이 기억난다. 그는 체구가 크고 재빠르지 못했지만 아이들의 행동 방식을 아주 빨리 벗어났다. 에이드리언과 달리 그의 어릴 때 모습은 기억나지 않는다. 토비와 함께 있을 때면 어머니는 에이드리언과 있을 때처럼 편안하게 느끼지 못했다. 토비도 어머니를 편안하게 느끼지 못했다. 그는 영리하진 않았지만 재능이 있었다. 타고난 재능이었다. 특출하게 보이고, 침묵하고, 그림에 대한 재능이 자연스럽게 나타났다. 그는 종이 한 장을 집어 이상한 각도로 붙잡고는 편안하고 자연스럽게 새를 그리기 시작했는데, 내가 예상한 부분이 아니라 좀 기묘한 곳에서 시작해서 그것이 어떻게 새가 될지 나는 짐작할 수 없었다. 그는 조숙하지 않았다. 이따금 상을 받기는 했지만 이튼스쿨의 장학금은 받지 못했다. 라틴어와 그리스어가 서툴다고 선생들이 말했던 것 같다. 그러나 그의 에세이에서는 대단한 지적 능력이 엿보였다. 그를 통해서 나는 처음으로 그리스 문인들에 대해 알게 되었다. 처음으로 이블린스에서 돌아온 다음 날, 그는 몹시 수줍어하며 묘하게 굴었다. 우리는 함께 층계를 오르내렸고 그는 헥토르와 트로이에 대해 이야기했다. 그가 가만히 앉아서 말할 수 없을 정도로 수줍어하는 것 같았기에 우리는 계속 층계를 오르내렸다. 그는 좀 변덕스럽게, 그렇지만 흥분해서 이야기를 들려주었다. 이블린스의 남학생들에 대해서도 말해 주었다. 그가 이블린스와 클리프턴, 케임브리지를 다니는 동안 이런 이야기가 내내 이어졌다. 이런 이야기를 통해 나는 그의 친구를 다 알게 되었다. 그에겐 사람들을 좋아하고 찬탄하는 능력이 있었다. 사람들을 보고 즐거워했다. 그가 이블린스와 클리프턴에서 학창 생활을 즐겁게 보낸다고 나는 느꼈던 것 같다. 그는 자립성을 좋아했고 자기 위치를 고수했으며 경탄을 받았지만 거기서도 지배적이었기 때문이다. 그는 제자리를 지키며 불쾌한 것을 견뎠다. 그는 훨씬 차분했는데, 에이드리언보다 그의 기질이 학교 생활에 잘 맞았기 때문이다. 그는 자기 권리를 주장했다. 그가 아닌 다른 소년을 기숙사 대표로 내세운 학생은 사과해야 했다. 토비는 남들에게 무시당하지 않을 사람이었다. 그를 속여 넘기기란 쉽지 않았다. 하지만 그는 스스로를 내세울이유가 없었다. 이기는 것을 기대하지 않았고, 축구나 라틴어를 잘하는 소년들을 칭찬했지만 시기심은 없었다. 나는 토비가 자신의 능력을 비축해 왔고 적절한 시기에 그 능력을 전부 갖출 것이며 클리프턴에서 자신에게 무슨 일이 일어나든 걱정하거나 당황하지 않고 천천히 신중하게 즐긴다고 느꼈다. 그는 관대하며 비판적이지 않고 조숙하지도 않았다. 평온하게 자기 자리를 잡고 때를 기다렸다. 우리와 함께 지낼 때 자기 감정을 드러내는 말은 한마디도 하지 않았지만 그런 과묵함 밑에는 무언의 애정, 우리에 대한 자부심, 또 어떤 비애가 숨어 있다고 나는 느꼈다. 어머니와 스텔라의 죽음 때문에 그는 제 나이보다 어른스러웠을 것이다. 그에 대한 아버지의 특이하게도 과시적인 사랑이 거기에 일조했다.

비에 젖은 오늘(1940년 9월 22일. 이제 우리는 날씨를 개인적 선호가 아니라 침략 공격에 미치는 영향과 관련해서 생각한다. 날씨가 공습에 영향을 미치므로.) 소설을 쓰다가 뒤얽힌 상태에 봉착했으므로 이 글을 한 장 더 채우려 한다. 이 글을 중단했을 때 토비에 대해 쓰고 있었다. 그런데 어젯밤에 마음을 달래 잠을 청하려 애쓰면서 (앤럽 가족이 여기 오겠다고 해서 나는 클라이브의 표현대로 오만상을 찌푸리고 있었기에) 세인트아이브스에 대해 생각했다. 그래서 세인트아이브스에 대해 쓸 생각이고, 그러다 보면 에둘러서 적절히 토비 이야기로 나아갈 것이다. 세인트아이브스가 그의 묘사를 채워 주리라.

아버지는 아마도 1881년 도보 여행을 하던 중에 세인트아이브스를 발견했다. 그곳에 머물다가 셋집으로 나온 탤런드하우스를 보았을 것이다. 아버지가 본 마을은 16세기의 형태와 거의 달라지지 않아서 호텔이나 빌라도 없었고, 그곳의 만(灣)도 태곳적의 풍광 그대로였을 것이다. 그해에 세인트어스에서 세인트아이브스까지 철로가 개설되었다. 그 이전에 세인트아이브스는 철로에서 13킬로미터 떨어져 있었다. 아버지는 아마 트레게나에서 샌드위치를 씹으며 아름다운 만 풍경에 말없이 깊은 인상을 받았을 테고, 이곳이 여름 휴가지로 적합하다고 생각하고 평소의 신중한 방식과 수단을 동원하여 방법을 모색했을 것이다. 나는 이듬해 1월에 태어날 예정이었다. 부모님은 식구를 제한하려 했고 나를 갖지 않으려고 예방책을 강구했지만, 그 조치가 성공적이지 못했음을 알았을 것이다. 예방 조치를 취했음에도, 또다시 내가 태어난 이듬해(1883)에 에이드리언이 태어났다. 돈 걱정이 끊이지 않았던 남자가 그의 표현대로 영국의 발톱에 위치한 별장을 임대할 수 있다고 생각했다는 사실은 그 시대의 경제적 여유와 풍요를 입증한다. 아버지는 여름철마다 아이들과 보모들, 하인들을 영국의 한끝에서 다른 끝으로 옮기는 비용을 감당해야 할 터였다. 그렇지만 아버지는 해냈다. 영국 서부 철도 회사에서 그 집을 임대했다. 먼 거리는 어떻든 문제였다. 우리는 여름철에만 그곳에 갈 수 있었다. 그래서 우리에게 시골 생활은 일년에 두 달, 기껏해야 세 달간 이어졌다. 나머지 시간은 런던에서 살았다. 하지만 돌이켜 보면 우리가 어린 시절에 누린 것 중 가장 큰 차이를 만들어 내고 가장 중요했던 것은 콘월에서 보낸 여름이었다. 런던에서 여러 달을 보낸 후 콘월에 내려가면 시골이 강렬하게 다가왔다. 우리만의 집과 정원을 소유하고, 만과 바다, 습지, 클로지 곶, 가비스 만, 리랜트, 트레베일, 제노, 거너드 갑을 마음껏 누리고, 첫날 밤에 노란 블라인드 뒤에서 부서지는 파도 소리를 듣고, 모래밭을 파고, 낚싯배를 타고 바다에 나가고, 더듬이를 휘날리거나 젤리처럼 바위에 붙어 있는 붉고 노란 말미잘을 보고, 웅덩이에서 파닥이는 작은 물고기를 찾아내고, 별보배고둥을 줍고, 식당에 앉아 변화무쌍한 만의 물빛을 문법책 너머로 바라보고, 회색이나 밝은 초록색의 에스칼로니아 이파리를 보고, 마을에 내려가서 1페니짜리 압정 상자나 주머니칼을 사고, 레넘 가게 주위를 배회하고(레넘 부인의 흔들리는 곱슬머리는 가발이었다. 레넘 씨는 "광고를 보고" 그녀와 결혼했다고 하인들이 말했다.) 좁고 가파른 길에서 진동하는 생선 냄새를 맡고, 생선뼈를 물고 다니는 숱한 고양이들을 보고, 집 밖의 높은 층계에서 더러운 물통을 하수구에 쏟는 여자들을 보고, 노란 막이 덮인 콘월 크림을 매일 큰 접시에 담아 먹고, 블랙베리에 갈색 설탕을 듬뿍 뿌려 먹고…… 이런 것을 하나씩 기억하며 여러 페이지를 채워 나갈 수 있다. 통틀어 생각해 보면 세인트아이브스에서 보낸 여름은 인생 최고의 출발점이었다. 탤런드하우스를 임대했을 때 아버지와 어머니는 우리에게(적어도 내게는) 영속적이고 무한히 소중한 선물을 준 셈이다. 어린 시절을 회고할 때 서리나 서섹스, 또는 와이트 섬밖에 떠오르지 않을 경우를 가정해 보라.

당시 그 마을은 16세기의 풍경과 그리 다르지 않았다. 알려지지 않아 찾아오는 사람도 없이 섬 아래쪽 계곡 비탈에 화강암 돌집들이 옹기종기 모여 있었다. 영국에서 콘월이 지금의 스페인이나 아프리카보다도 더 먼 곳이었을 때 몇몇 어부들의 피신처로 세워졌던 게 틀림없다. 작고 가파른 마을이었다. 계단을 따라 박혀 있는 철책이 현관문까지 이어진 집이 많았다. 벽은 바다 폭풍을 견디도록 두꺼운 화강암 덩어리로 세워졌다. 콘월의 크림색 파도에 씻긴 거친 벽은 크림 덩어리 같았다. 그 마을에는 부드러운 맛을 풍기는 것이 하나도 없었다. 붉은 벽돌도, 푹신한 초가지붕도 없었다. 18세기의 흔적이 선명히 남아 있는 남부의 마을과 달리 세인트아이브스에는 어떤 흔적도 없었다. 그 마을은 바로 어제 세워졌을 수도, 정복자 윌리엄의 시대에 세워진 것일 수도 있었다. 건축이랄 것도 없고 장식적으로 배열된 것도 없었다. 시장은 들쑥날쑥한 자갈이 깔린 야외 공간이었다. 한쪽에 서 있는 교회는 가옥들처럼 세월이 흘러도 변함없는 화강암 건물이었는데 그 옆에 어시장이 있었다. 시장과 같이 평지에 서 있는 교회 앞에는 잔디밭도 없고 조각이 새겨진 문도, 큰 창문도, 상인 방도 없었다. 이끼도 끼지 않았고, 아름답고 솜씨 좋은 주택도 없었다. 그곳은 거센 바람이 불고 시끄럽고 비린내 나며 소란스럽고 길이 좁은 마을이었다. 회색 벽에 다닥다닥 붙어 있는 거친 조개류처럼 홍합이나 꽃양산조개 색깔이 두드러졌다.

우리 집 탤런드하우스는 마을을 막 벗어난 언덕에 있었다. 영국 서부 철도 회사가 누구를 위해 그 집을 지었는지 모르지만 1840년대나 1850년대에 지어졌을 것이다. 어린애가 그린 집 그림처럼 네모난 집이었는데, 주목할 만한 것이라고는 평평한 지붕과 그 지붕을 따라 세워진 십자 모양 철책뿐이었다. 그것도 어린애가 그린 것 같았다. 집은 비탈진 정원에 서 있었는데 몇 개의 작은 뜰로 나뉘었고 빽빽이 늘어선 에스 칼로니아 울타리에 둘러싸여 있었다. 에스칼로니아 이파리를 지그시 누르면 향기로운 냄새가 났다. 집의 여러 모퉁이를 둘 러싼 풀밭에는 저마다의 이름이 있었다. 커피 정원이 있었다. 습기 찬 상록수로 둘러싸인 샘이 있었는데, 큰 수반에 달린 깔 때기에서 물이 뚝뚝 떨어졌다. 크리켓 구장도 있고, 온실 아래 자줏빛 클레마티스가 자라는 사랑의 코너에서는 레오 맥스가 키티 러싱턴에게 청혼했었다.(토비의 말로는 그 청혼을 엿들은 패 디가 자기 아들에게 하는 말을 내가 들었던 것 같다.) 채소밭과 딸기 밭도 있었다. 연못에서 윌리 피셔는 고무줄로 작동하는 노를 이용해 작은 기선을 만들어 띄웠다. 그리고 큰 나무가 있었다. 서로 나뉘진 이 다양한 곳들이 8000~1만 2000평을 넘지 않 는 큰 정원 안에 있었다. 큰 목재 대문을 들어서면 걸쇠가 짤 깍 걸리는 익숙한 소리가 들려왔다. 가파른 바위 벽 아래로 두 툼한 선인장국화의 이파리가 흩뿌려진 마찻길을 따라 올라가 면 팜파스 덤불 속 전망대에 이른다. 전망대는 높은 정원 벽 위로 돌출해 있는 풀이 무성한 언덕이었다. 우리는 신호기가 내려가는지 지켜보러 종종 전망대에 올라갔다. 신호기가 내 려지면 기차역으로 출발할 시각이었다. 로웰이나 깁스, 스틸 만 가족, 러싱턴 가족, 사이먼즈 가족이 기차를 타고 찾아왔 다. 하지만 친구를 맞이하는 것은 어른들의 일이었다. 우리 또 래의 아이가 머문 적은 없었다. 우리는 친구를 원하지 않았다. 우리 넷만으로도 더할 나위 없이 충분했다. 언젠가 웨스트레 이크 부인이 엘지라는 아이를 데려와서 우리와 놀게 했을 때 나는 "정원에서 그 애를 쓸어 냈다." 내 앞에 휘날리는 낙엽처럼 그 애를 휙 지나쳤던 기억이 난다.

당시 전망대에 오르면 만을 가로질러 완벽하게 펼쳐진 풍경이 바라다보였다.(사이먼즈 씨는 그곳이 나폴리 만을 연상시킨다고 말했다.) 드넓은 만 여러 곳이 굴곡져 있고 해안가에는 가느다란 모래사장이 길게 이어지고 그 너머에 초록 사구가 있었다. 굽이진 해안선이 검은 바위 두 개로 흘러 들어갔다가 나왔고, 그 바위의 한쪽 끝에는 검은색과 흰색이 어우러진 등대 탑이 있었다. 다른 바위 끝에서 헤일 강이 푸른 정맥처럼 모래사장을 가로질러 흘렀다. 갈매기가 늘 앉아 있던 말뚝이 헤일 항구로 들어가는 수로를 가리켰다. 이렇게 흘러가는 큰 물줄기는 늘 색깔이 달라졌다. 짙푸른 색이었다가 에메랄드 녹색이었다가 자줏빛이었다가 폭풍이 일면 잿빛으로 변했고 물마루가 하얗게 부서졌다. 많은 배들이 만을 가로질러 오갔다. 대개는 굴뚝에 붉은 띠나 흰 띠를 두른 하이네스 기선으로 석탄을 가지러 카디프로 출항했다. 폭풍우가 이는 날에 어쩌다 잠에서 깨어 보면 만 전체에 배들이 가득했다. 간밤에 피난처를 찾아온 작은 부정기 화물선들이었는데 대개 중앙에 자침이 달려 있었다. 때로 큰 배들이 정박하기도 했다. 언젠가 군함이 정박한 적도 있고, 대형 범선과 유명한 흰 요트가 정박하기도 했다. 아침이면 투박한 소형 돛배가 깊은 바다로 고기잡이를 나갔다. 저녁이면 고등어 어선들의 불빛이 춤추듯 위아래로 흔들리며 돌아왔고 곶을 돌아서 갑자기 돛을 내렸다. 우리는 어머니와 함께 전망대에 서서 지켜보곤 했다.

매년 9월 첫 주쯤에 우리는 "정어리 배가 나왔어!"라고 소리치곤 했다. 정어리 배들이 일 년 내내 나란히 누워 있던 해변에서 끌려 내려오고 있었다. 말들이 애써 배들을 해안으로 끌어갔다. 기슭에 정박한 배들은 기다랗고 검은 신발처럼 보였다. 배 한끝에는 파수꾼을 위한 차양이 쳐져 있고 다른 끝에는 둘둘 말린 그물(후릿그물이라고 불렸다.)이 걸려 있기 때문이다. 정어리 배에 주기적으로 타르칠을 했기에 바닷가에서는 늘 타르 냄새가 희미하게 풍겼다. 그 배들은 여러 주 거기 누워 있었고 우리가 10월에 그곳을 떠날 때도 여전히 그 자리에서, 카비스 만 전망대의 흰 대피소에서 망원경을 놓고 앉아있는 사람이 정어리 떼를 찾아 알려 주기를 기다렸다. 그는 큰 뿔피리 같은 것을 옆에 두고 만에 밀려오는 정어리 떼의 자줏빛 얼룩을 발견하려 했다. 해마다 그 배들은 만에 누워 있었다. 후릿그물은 한 번도 던져지지 않았다. 어부들은 트롤 증기선이 정어리 떼를 교란해 먼 바다로 내몰았다고 불평했다. 하지만 한번은 우리가 공부를 하다가 그 소리꾼의 외침을 들은 적이 있다. 높고 맑은 고동 소리가 길게 울렸다. 그러자 어부들은 배를 저어 나갔다. 우리는 수업을 중단했다. 후릿그물이 던져졌다. 물속에 잠긴 검은 그물 위로 점 박힌 둥근 코르크가 여기저기 떠 있었다. 그러나 정어리 떼는 이미 만을 빠져나간 다음이었다. 후릿그물은 다시 거뒤들여졌다. (1905년 우리 넷이 카비스 만의 어느 숙소에 묵고 있을 때 정어리 떼가 몰려왔다. 우리는 이른 아침에 노를 저어 나갔다. 바닷물이 솟구치고 물을 튀기며 은색 거품을 사방에 일으켰다. 옆 배의 낯선 남자가 삽으로 거품 덩어리를 한가득 퍼서 우리 배에 던져 주었다. "아침으로 싱싱한 생선을 먹고 싶소?"라고 그가 물었다. 모두들 흥분해서 환성을 질렀다. 배들은 생선 무게에 눌려 흘수선까지 가라앉았다. 우리는 항구에 가서 생선을 포장하는 것을 지켜보았다. 나는 그 장면을 묘사해서 어떤 신문사에 보냈는데 거절당했다. 하지만 토비가 그 글을 읽고는 내가 천재일지 모른다고 말했다고 바네사가 알려 주었다.) 우리가 세인트아이브스에서 여러 해를 지냈지만 그동안 정어리 떼가 만에 몰려온 적은 한 번도 없었다. 정어리 배들은 정박한 채 하염없이 기다렸다. 우리는 헤엄쳐 나가서 보트 언저리에 매달려서는 갈색 방수포 텐트에 누워 망보는 노인을 쳐다보곤 했다. 그 정어리 배들을 보면 아버지는 "쳇!" 하며 불쾌감을 드러내곤 했다. 아버지는 어부들의 빈곤을 유난히 동정했고, 알프스 산의 가이드를 존경하듯이 어부들을 존경했다. 어머니는 물론 어부들의 집을 찾아다니며 스텔라가 어머니의 묘비에 써넣고 싶어 했듯이 선행을 베풀었다. 어머니는 사람들을 찾아가서 도와주고 간호 모임을 만들었다. 어머니가 돌아가신 후 그 모임은 '줄리아 프린셉 스티븐 간호 협회'가 되었고, 메러디스와 사이먼즈, 스틸만 가족이 그 협회에 기여했다. 그 협회가 지금도 존재한다는 말을 카 아널드포스터에게서 얼마 전에 들었다.

매년 8월이면 만에서 보트 경주가 열렸다. 돛대마다 연결된 줄에 작은 깃발들을 매달고 심판관의 배가 자리 잡는 광경을 우리는 지켜보았다. 세인트아이브스의 중요한 인사들은 모두 그 배에 타고 있었다. 밴드가 연주를 시작하면 음악이 바람에 실려 물결 위로 퍼져 나갔다. 항구에서 작은 배들이 모두 나왔다. 총소리가 나면 경주가 시작되었다. 작은 범선, 유람선, 노 젓는 배 등등의 보트들이 출발했고, 만 주위에 깃발로 표시된 상이한 코스를 돌아오는 경주였다. 배들이 경주하는 동안 수영 시합에 참가할 선수들이 배 위에 일렬로 늘어섰다. 총소리가 울려 그들이 물에 뛰어들면 작은 머리들이 위아래로 움직이고 팔들이 반짝였다. 한 선수가 다른 선수에 따라붙으면 사람들이 소리를 질러 댔다. 어느 해인가는 매력적인 곱슬머리의 젊은 우체부(그가 우편물을 넣어 다닌 갈색 리넨 가방이 생각난다.)가 우승을 했어야 했다. 나중에 그는 "다른 녀석이 이기게 놔뒀어요. 그에겐 마지막 기회였기에."라고 에이미에게 말했다.

깃발이 휘날리고 출발의 총소리가 울리고 배들이 물살을 가르고 수영 선수들이 바다에 뛰어들거나 갑판에 끌어올려지는 광경은 아주 흥겨웠다. 세인트아이브스 사람들은 말라코프에 모여 지켜보았다. 크림 전쟁 시기에 지어졌을 테라스 끝의 그 팔각형 공간은 이 마을에서 시도한 유일한 장식적 건축이었다. 세인트아이브스에는 위락용 잔교나 산책로도 없고 이 각지고 자갈 깔린 땅 조각뿐이었는데, 청바지를 입은 은퇴한 어부들이 여기 돌의자에 앉아 담배를 피우고 한담을 나눴다. 멀리서 음악이 들리고 줄에 매달린 깃발들이 휘날리고 배들이 경주하며 모래사장에 사람들이 점점이 모여 있던 보트 경주 날은 한 장의 프랑스 그림처럼 내 마음에 남아 있다.

당시에는 우리 가족과 어쩌다 들른 방랑하는 화가들을 제외하면 여름철에 세인트아이브스를 찾는 사람이 없었다. 그 마을에는 고유한 관습과 축제가 있었다. 8월에 보트 경주가 있고, 대략 십이 년마다 한 번씩 일흔이 넘은 할머니와 할아버지들이 공터의 화강암 뾰족탑 닐스모뉴먼트를 돌며 춤을 추었다. 춤을 가장 오래 춘 커플은 1실링인지 반 크라운인지 상금을 시장에게서 받았다. 시장인 니콜스 의사가 모피가 둘러진 긴 외투를 걸치고 그 행사에 나왔다. 세인트아이브스에 아직 남아 있는 과거의 유습 가운데, 관청의 포고를 외치고 다니는 관리 찰리 시어스가 있었다. 이따금 그는 머핀 장수가 쓰는 방울을 흔들면서 해안을 따라 발을 끌며 걸었고 "들어 보시오, 들어들 보시오, 들어들 보시오."라고 소리쳤다. 이어지는 그의 말을 알아들은 적은 한 번뿐이었다. 탤런드하우스를 찾아온 손님이 브로치를 잃었을 때 찰리 피어스에게 외쳐 달라고 했던 것이다. 그는 장님이었거나 거의 실명한 상태였다. 노쇠한 긴 얼굴에 삶은 생선의 눈처럼 눈이 희뿌연 그는 쭈그러진 중절모자를 쓰고 앙상한 몸에 꼭 끼게 프록코트의 단추를 잠근 채 발을 질질 끌어 기묘하게 갈지자로 걸음을 옮기며 종을 흔들고 소리쳤다. "들어 보시오. 들어들 보시오. 들어들 보시오." 우리는 다른 주민들을 알게 되었듯이 그에 대해서도 하인들을 통해서, 특히 여러 주민과 친하게 지냈던 소피를 통해서 알게 되었다. 꾸러미를 들고 마찻길을 올라와 부엌에 들어선 상인들, 가령 큰 세탁물 바구니를 들고 온 앨리스 커노나 바구니에 생선을 담아온 어부 애덤스 부인을 모두 알았다. 아직 살아 있는 푸른 바닷가재는 바구니 안에서 꿈틀거리며 돌아다녔다. 부엌 탁자에 바닷가재를 올려놓으면 큰 집게발을 벌렸다 오므리며 사람을 물었다. 식료품실에서 낚싯바늘에 걸려 몸부림치는 길고 두툼한 생선을 제럴드가 빗자루 손잡이로 때려 죽였던 기억은 진짜 있던 일일까?

부엌은 우리가 《하이드파크 게이트 뉴스》에서 부엌 주민이라고 불렀던 사람들을 지배한 소피의 공간이었는데, 아이들 침실 바로 밑에 있었다. 저녁에 우리는 바구니를 줄에 매달아 부엌 창문 위로 내려 보냈다. 기분이 좋으면 소피는 바구니를 끌어당겨 어른들의 정찬 요리를 조금 담아 올려 보냈다. 그러나 고약한 기분일 때는 바구니를 와락 잡아당겨 줄을 끊었고 우리는 늘어진 줄을 붙잡은 신세가 되었다. 묵직한 바구니와 가벼운 줄의 느낌이 생생히 기억난다.

오후에 우리는 늘 산책을 나갔다. 나중에 산책은 고행이 되었다. 어머니는 아버지가 우리 중 하나와 함께 산책해야 한다고 주장했다. 지금 생각해 보면 아버지의 건강과 즐거움에 너무 집착한 나머지 어머니는 아버지를 위해 기꺼이 우리를 희생시켰다. 그렇게 함으로써 어머니는 아버지의 의존성을 유산으로 남겨 주었다. 어머니가 돌아가신 후 산책은 우리에게 가혹한 짐이 되었다. 어머니가 아버지를 독자적으로 처신하게 했더라면 우리와 아버지의 관계는 훨씬 나아졌을 것이다. 그러나 오랫동안 어머니는 아버지의 건강에 맹목적으로 집착했고 그러느라 예상할 수 없는 결과를 우리에게 남겨주었으며 어머니 자신은 진이 빠져 마흔아홉에 돌아가셨다. 반면에 아버지는 계속 살아가셨고 너무나 건강했기에 일흔둘에 암으로 돌아가시게 되었을 때 몹시 괴로워했다. 나는 이런 말을 끼워 넣으면서 지금도 해묵은 분노를 터뜨리고 있지만, 그렇더라도 세인트아이브스가 우리에게 준 순수한 기쁨은 이 순간에도 눈앞에 생생히 떠오른다. 느릅나무의 레몬색 이파리, 과수원의 사과, 속삭이며 바스락거리는 나뭇잎 소리가 떠오르면 나는 잠시 하던 일을 멈추고, 인간의 힘이 아닌 많은 것들이 우리에게 늘 작용하고 있음을 생각하게 된다. 이 글을 쓰는 동안 빛이 은은히 타오르고, 사과는 선명한 초록색으로 변한다. 나는 온몸으로 반응한다. 하지만 어떻게? 그때 작은 올빼미가 내 창문 밑에서 딱딱거린다. 또다시 나는 반응한다. 비유적으로, 내가 말하려는 바를 어떤 이미지로 포착할 수 있겠다. 나는 감각의 물결에 떠 있는 다공성의 배이고, 보이지 않는 광선에 노출된 고감도의 감광판이고…… 등등의 이미지를 떠올린다. 혹은 제3의 목소리에 관한 모호한 생각을 더듬는다. 나는 레너드에게 말을 건다. 레너드가 대답한다. 우리 둘 다 제3의 목소리를 듣는다. 이 목소리들의 숨결을 내 돛에 받아 그것에 순응하여 일상생활에서 이리저리 침로를 바꾸는 나 자신을 볼 때 내가 무언가 진정한 것을 표현하는지, 허구를 꾸며내는지 아니면 진실을 말하는지를 알아내려 하거나 내가 말하려는 바를 분석하려고 오전 내내 애쓰는 대신에, 나는 다만 이런 영향력이 존재함을 주목하고 그것이 대단히 중요할 거라고 생각한다. 그것이 다른 사람들에게 미치는 영향력은 확인할 길이 없다. 루이는 그걸 느낄까? 퍼시는? 어젯밤에 언덕에서 터진 소이탄을 지켜본 사람들 중에 누군가 이 글을 읽는다면 내 말의 의미를 이해할까? 나는 여기에 길 안내 표지를 세우고, 언젠가는 파낼 광맥을 표시할 것이다. 그러면 표면으로 돌아가자. 세인트아이브스로.

일요일마다 우리는 트릭로빈으로, 아버지가 트렌크롬이라 부르던 곳으로 산책을 나갔다. 그 꼭대기에 이르면 두 바다를 볼 수 있었다. 한쪽에는 세인트마이클 산이, 다른 쪽에는 등대가 보였다. 콘월의 언덕이 모두 그렇듯 그곳에는 화강암 덩어리들이 점점이 박혀 있었고, 어떤 화강암은 옛 무덤이자 제단이라는 말이 있었다. 어떤 화강암에는 문기둥처럼 구멍이 뚫려 있었다. 다른 바위들은 층층이 쌓여 있었다. 우리는 트렌크롬의 꼭대기에 있는 흔들바위를 흔들곤 했고, 이끼 낀 거친 바위 표면의 움푹 파인 부분이 희생자의 피를 담는 곳이라는 얘기를 들었다. 그러나 아버지는 엄밀한 진실을 사랑하므로 그 이야기를 믿지 않았고, 진짜 흔들바위가 아니라 평범한 바위들이 자연스럽게 배열된 것이라는 의견을 피력했다. 작은 야생화들 사이의 좁은 길을 오르면 그 언덕에 이르렀다.

우리 무릎을 찌른 가시금작화는 노랗게 타오르며 달콤한 향기를 풍겼다. 또 다른 어린이용의 짧은 산책로는 우리가 요정의 땅이라고 부른 호젓한 숲으로 이어졌고 그 숲은 넓은 성벽에 에워싸여 있었다. 우리는 그 성벽 위를 걸으며 참나무 숲과 우리 머리보다 높이 자란 큰 고사리 식물을 내려다보았다. 오배자 냄새를 풍긴 그 숲은 어둡고 축축하며 고요하고 신비로웠다. 모험삼아 긴 산책에 나설 때는 헤일스타운 습지에 갔다. 아버지는 또다시 우리의 잘못을 고쳐 주었다. 우리는 그곳을 헬스톤 습지라고 불렀는데, 진짜 이름은 헤일스타운이었다. 우리는 늪 사이를 건너뛰었다. 늪에서 철벅 소리가 나면 무릎까지 누런 늪에 빠졌다. 그곳에 오스먼다가 자랐고, 희귀한 공작고사리도 있었다. 이 산책보다 좋은 것은 오후에 배 타러 가는 것이었는데 2주일에 한 번쯤 누릴 수 있는 특별한 기쁨이었다. 작은 돛단배를 빌려서 어부와 함께 타고 나갔는데 아버지가 한번은 토비에게 키를 잡고 해안으로 몰고 가게 했다. "네가 배를 몰 수 있다는 걸 보여 주렴, 아들아." 아버지는 늘 그러듯 토비에 대한 신뢰와 자부심을 드러내며 말했다. 토비는 어부의 자리에 앉아서 키를 잡았다. 푸른 눈이 더 파래지고 입술을 꼭 다문 채 상기된 얼굴로 그는 돛이 늘어지지 않게 조심하면서 돌출된 곳을 지나 항구로 배를 몰았다. 어느 날엔가 등불처럼 빛나고 촉수가 머리칼처럼 이리저리 흔들리는 희끄무레한 해파리가 바다를 메웠다. 그러나 해파리는 누군가가 건드려야 독을 쏘았다. 때로 우리는 낚싯대를 받아 미끼로 생선 조각을 끼웠다. 배가 흔들리며 물살을 가르고 질주하는 동안 낚싯대를 잡은 손이 짜릿짜릿했다. 그러다가(그 짜릿함을 어떻게 표현할 수 있을까?) 낚싯대가 약간 튀어 오르며 잡아당기는 느낌이 들고 또다시 오면 휙 낚아챈다. 급기야 흰 물고기가 몸부림치며 물 위로 올라오고 뱃바닥에 털썩 던져진다. 거기 몇 센티미터 고인 물에서 이리저리 퍼덕인다.

한번은 우리가 낚싯대를 던지고 침로를 바꿔 가면서 성대와 작은 가자미를 연거푸 끌어올렸을 때 아버지가 내게 말했다. "다음에 너희들이 낚시질을 하겠다면 나는 오지 않으련다. 물고기가 잡히는 걸 보고 싶지 않으니. 그렇지만 너희들은 원한다면 해도 좋아." 이 말은 틀림없이 훈계였다. 꾸지람이나 금지는 아니었고, 그저 자기 감정의 진술이어서 그것에 대해 나는 스스로 생각하고 판단할 수 있었다. 짜릿한 전율과 낚싯대를 끌어당기는 행위에 대해 당시 나는 무엇보다도 강렬한 열정을 느꼈지만 아버지의 말은 그 열정을 서서히 꺼뜨렸다. 아무 유감도 없이 낚시질에 대한 욕구가 사라졌다. 하지만 그 열정을 기억함으로써 나는 지금도 모험적인 열정을 이해할 수 있다. 그것은 귀중한 씨앗 중 하나다. 모든 것을 충실히 경험하기란 불가능하므로 사람은 그 씨앗에서 다른 사람들의 경험에 상당하는 무언가를 키워 낼 수 있다. 씨앗으로 만족해야 하는 경우도 종종 있다. 인생이 달랐더라면 무언가 될 수 있었을 싹이다. 그래서 나는 낚시질을 순간적으로 얼핏 보았던 다른 것들과 함께 기억에 담아 둔다. 가령 런던 거리를 거닐면서 재빨리 훑어본 지하실들과 함께.

오배자, 뒷면에 씨앗이 다닥다닥 붙어 있는 양치식물, 보트 경기, 찰리 피어스, 정원 대문의 삐걱 소리, 뜨거운 현관 계단에 몰려든 개미떼, 압정을 사고 배를 타던 일, 헤일스타운 습지의 냄새, 트레베일의 농가에서 마신 차에 얹혀 있던 콘월 크림, 공부하다 보면 달라지던 바다의 색깔, 벌집 모양 의자에 앉은 노인 울스턴홈 씨, 잔디밭의 얼룩덜룩한 느릅나무 이파리, 이른 아침에 집 위로 날아가며 까악까악 울어 대는 까마귀, 잿빛의 뒷면을 드러내는 에스칼로니아 이파리, 헤일의 화약고가 폭발했을 때 오렌지 씨처럼 둥글게 공중에 피어 오른 연기, 부표의 밧줄. 세인트아이브스를 생각하면 무엇 때문인지 이런 것들이 제일 먼저 떠오른다. 어울리지 않는 잡다한 것들, 이것이 물속에 잠긴 그물을 알려 주는 작은 코르크 부표인 셈이다.

그 내용물을 분리하지 않은 채 그물을 해안에 끌어올리고 그것이 존재하지 않는 곳에서 끝낼 방법으로 이런 말을 덧붙일 수 있다. 어머니가 돌아가시기 전 이삼 년간(1892년부터 1894년까지) 어른들이 세인트아이브스 별장을 포기하려고 의논한다는 불길한 암시가 놀이방에 전해졌다. 그때쯤 조지와 제럴드는 런던에서 직장을 다녔고, 토비와 에이드리언의 학비 조달이 시급한 문제였다. 그런데 우리가 7월에 내려가 보니 전망대 바로 맞은편에 오트밀 색의 크고 네모난 호텔이 들어서 있었다. 어머니는 전망이 형편없어졌다고, 세인트아이브스가 엉망이 될 거라고 연극하듯 과장된 몸짓을 하며 말했다. 이런 여러 가지 이유 때문에 어느 해 시월에 부동산 중개업자의 팻말이 우리 정원에 세워졌다. 팻말에 새로 페인트를 칠해야 했기에 나는 "셋집"이라는 글자의 일부에 페인트를 채워 넣었다. 페인트를 칠하는 즐거움과 그곳을 떠날지 모른다는 두려움이 뒤섞였다. 그렇지만 한두 해 여름이 지나도 세입자가 없었다. 우리는 그 위험을 피할 수 있기를 바랐다. 그런데 1895년 봄에 어머니가 돌아가셨다. 아버지는 세인트아이브스를 절대로 다시 보지 않겠다고 즉시 결정했다. 한 달쯤 후 제럴드가 혼자 내려가서 밀리 도라는 사람에게 임차권을 매각하는 일을 마무리 지었다. 그래서 세인트아이브스는 영원히 사라졌다.

그런데 오늘(1940년 10월 11일) 따스한 가을날에(어젯밤에 런던은 폭격을 당했다.) 서둘러 써내려 간 이 글을 훑어보니 토비를 실제로 묘사한 부분이 한 군데밖에 없다. 돛이 늘어지지 않도록 주의하며 돌출된 곳을 지나 배를 몰아가는 모습 말이다. 몸에 끼는 재킷을 입고 팔이 소매 밖으로 튀어나온 남학생의 모습이 떠오른다. 그는 뚱하고 단호해 보였고, 그처럼 패기를 부릴 때는 푸른 눈이 더 파래졌다. 얼굴은 약간 붉게 상기되어 있었다. 보통 남자애들보다 일찍부터 그는 아버지의 자부심이 지운 부담을 느끼고 있었다. 성인 남자로 대접받으며 느끼는 책임감이었다.

나는 왜 이 청년을 그 보트에서 하이드파크 게이트의 내 침실 겸 거실로 실어오는 일을 피하고 있을까? 나 같은 전문 작가(나는 로저를 인생의 시작부터 끝까지 나르지 않았던가?)에게는 그리 어렵지 않은 일을? 세인트아이브스를 계속 생각하고 싶기 때문이다. 내가 계속해서 생각한다면 다른 장면을 많이 회상할 수 있고 그를 거듭 데려올 수 있으리라는 구실이 있다. 그저 구실만은 아니다. 거친 코트 위에 모여 물방울을 이루는 이슬처럼 토비 주위에는 늘 시골과 나비, 새, 진창길, 진흙투성이의 구두, 말이 모여들기 때문이다.

하지만 사실 나는 하이드파크 게이트의 내 방에 들어가고 싶지 않다. 나는 1897년부터 1904년까지의 그 불행한 칠 년이 두려워 몸을 사린다. 당시 우리들이 그랬듯이 비존재로 시달리고 애태우며 망연자실하게 살아가는 사람은 많지 않았다. 간단히 말해서, 바로 그것이 그 두 번의 불필요하고 엄청난 실책이 남긴 유산이었다. 그 시절을 행복하진 않더라도 정상적이고 자연스럽게 만들어 주었을 두 사람을 인정사정없이 무의미하게 살해한, 제멋대로 아무 생각 없이 부주의하게 휘두른 두 번의 억센 도리깨질 말이다.

나는 어머니와 스텔라를 생각하는 것이 아니라 두 사람의 죽음으로 인한 폐해를 생각하고 있다. 나중에 그것에 대해 자세히 묘사하고 한두 장면을 예시하겠다. 그런 까닭에 나는 토비를 그 보트에서 내 방으로 데려오고 싶지 않다.

앞선 얘기로 돌아가자면, 그 두 번의 죽음이 없었더라면 사실 토비는 내색은 안 했어도 그토록 진정한 마음으로 우리와 묶이지 않았을 것이다. 이 가족의 절단에 좋은 점이 (의심스럽지만) 있다면, 우리를 민감하게 만들었다는 것이었다. 삶의 불안정성을 의식하고, 사라진 무언가를 기억하고, 아버지가 요구하지 않았을 때 내가 느꼈듯이 어쩌다 열렬하고 어설픈 유대감에 압도된다면, 이 모든 감정을 열다섯, 열여섯, 열일곱의 나이에 발작적으로 느끼는 것이 좋은 일이라면, 만일 그렇다면……. 그런데 과연 좋은 일이었을까? 세인트아이브스에서 그랬듯이 분주하고 소란스러운 가정 생활을 계속 이어가는 것이 (그것을 판단할 사람도 없고 기준도 있을 수 없는데 좋거나 낫다고 말하는 데 의미가 있다면) 낫지 않았을까? 온 가족이 평범하고 떠들썩한 일상을 영위하는 동안 가족에 둘러싸여 자기만의 은밀한 탐구와 모험을 지속해 간다면, 그 보호막이 벗겨지고 가족이라는 은신처에서 떨어져 나오고 그 은신처가 금이 가고 찢어지는 것을 지켜보고 가족을 비판하고 의심하는 것보다 좋지 않았을까? 두 번의 죽음을 겪지 않고 마땅히 가족을 믿고 가족을 받아들이며 가족 안에 머물렀다면 우리는 더 큰 기회와 더 넓은 다양성과 분명 더 큰 자신감을 얻었을 것이다. 반면에 나는 다른 의문을 제기할 수 있다. 이 두 죽음의 경험은 우리를 망연자실하게 만들고 피폐하게 만들었지만 (내가 썼던 표현으로) 신들이 우리를 진지하게 여기고 있어서 가령 부스 가족이나 밀먼 가족 같은 사람들에게는 줄 가치가 없다고 생각한 일을 우리에게 주려고 의도한 것이었을까? 나는 늘 그것을 시각적으로 이렇게 표현했다. (토비가 죽은 후) 나는 (고든 광장 주위를 돌다가) 거대한 맷돌 두 개와 그 사이에 끼인 나를 보곤 했다. 그러고는 나 자신과 그것들과의 충돌을 연출하곤 했다. 만일 인생이 발광한 말처럼 뒷다리로 서서 제멋대로 발길질을 해 대는 것이라면 시달릴 수밖에 없겠다고 나는 추론하곤 했다. 그것들이 내게 삶이라는 그 귀중한 질료의 미약하고 작고 무력한 조각을 하나 주어서 내 입을 막았다고는 누구도 말할 수 없다. 오히려 이를 통해 나는 인생을 극한적 실체 같은 것으로 생각하게 되었다. 그러면서 물론 나 자신이 중요하다는 의식을 키울 수 있었다. 타인을 통해서가 아니라, 나 자신이 맷돌 사이에서 갈린다는 사실을 인식시켜 줄 만큼 나를 충분히 존중한 그 힘을 통해서.

그러므로 우리의 관계(토비의 관계와 나의 관계)는 그 두 번의 죽음이 없었을 경우보다 진지했던 것 같다. 입에 올리지 않은(내가 대강 마음에 그려 보았던) 생각이 그가 하이드파크 게이트의 내 방에 왔을 때 그의 속에, 또 내 속에 존재했다. 우리는 물론 서로에게 이끌렸다. 그는 오빠로서의 감정(그는 보호하려 들었다.)을 느낄 뿐 아니라 한 개인으로서 나를 재미있어하고 놀라워하며 캐묻는 태도로 대했던 것 같다. 내가 한 살 반이 적고 여자애라서, 껍데기가 없는 작은 생물처럼 여겼던 셈이다. 그와 비교하면 나는 내 방에서 격리되어 살아갔고, 그의 학교 이야기에 순진하게 열렬히 귀를 기울이고, 그의 경험을 능가할 내 나름의 경험은 전혀 없지만 수동적이지 않고, 오히려 재잘거리며 꼬치꼬치 캐묻고 안절부절못하고 반론을 제기했다. 층계를 오르내리며 이야기를 나눈 후에 우리는 갈라져서 각자 책을 읽었다. 그는 어떻게 해서인지 혼자서 셰익스피어의 작품을 다 흡수했다. 개략적이고 투박한 그의 방식으로 셰익스피어를 파악했다. 내가 화장실 바깥의 층계에서, 양초 기름 냄새가 나는 층계참에서 그리스인들에 대한 이야기를 수동적으로 들은 후 우리가 처음 벌인 논쟁은 셰익스피어에 관해서였다. 그는 셰익스피어 작품에 없는 것이 없다는 주장으로 나를 공격했다. 자신이 파악한 모든 것을 눈사태처럼 내게 쏟아부었다. 나는 반박했다. 하지만 그런 주장에 어떻게 반대할 수 있을까? 달아오른 얼굴로 흥분해서 말했지만 좀 설득력이 부족했을 것이다. 그렇지만 그때 내가 진심으로 느낀 것은 연극이 내 기질에 맞지 않는다는 것이었다. 연극은 어떻게 시작하는가? 흥미진진한 핵심적 문제에서 160킬로미터쯤 떨어진 지루한 대사로 시작한다. 이것을 증명하려고 나는 『십이야』를 펼쳐 읽었다. "음악이 사랑의 음식이라면, 연주하라……" 그때 나는 내 주장을 입증하는 데 실패했다. 토비는 무자비했고, 분통터지게 했으며, 둘 다 열이 오를 만큼 격렬하게 나를 굴복시키고 압도했다. 그러니 내 반박이 순전히 무력했을 리는 없다. 그는 자부심을 느끼게 했는데, 자기 친구들에 대한 자부심, 셰익스피어에 대한 자부심 같았다. (셰익스피어가 일말의 동정심도 없이 폴스타프를 밀쳐 낸다고 그는 지적했다.) 셰익스피어의 대범하고 자연스러운 비정함을 그는 기꺼워했다. 그것은 나무가 제 이파리를 떨어 버리는 방식이었다. 반면에 데스데모나가 다시 깨어나는 장면에서는 셰익스피어가 감상적이었다고 그는 생각했다. 내 기억에 남아 있는 구체적인 비평은 이것뿐이다. 그는 나와 달리 단어나 문장을 하나하나 떼어내서 분석하지 않았고 메모도 하지 않았기 때문이었다. 그는 대략적으로 대충 재빨리 포괄적으로 파악했다. 그래서 나는 그에게서 세밀한 논평을 듣지 못했지만, 그에게 셰익스피어는 그의 다른 세계이고 그곳에서 일상적 세계의 척도를 얻었다고 느꼈다. 그는 거기에 자신의 입지를 구축했고, 그 기준으로 우리를 평가했다. 지하철의 3등칸 흡연실에서 술 취한 사람들이 말다툼을 벌였을 때 그가 한편으로는 폴스타프와 핼, 마더 퀴클리와 다른 인물을 떠올리고 있다고 나는 느꼈다. 그는 구석에 앉아서 파이프를 입에 문 채 신문 가장자리 너머로 바라보며 그 광경을 평가하듯이 태연하고 능숙하게 그들을 관찰했다. 나는 그가 자신의 입지를 알고 자신이 물려받은 혜택을 즐기고 있다는 인상을 (그때 말고도 종종) 받았다. 그는 전투의 냄새를 맡았고, 이미 마음속으로는 입법자였고, 남자로서 자기 지위를 자랑스러워하고, 남자들 사이에서 자기 역할을 수행할 준비가 되어 있다고 느꼈다. 그가 즉위했더라면 더없이 고귀한 왕이 되었을 텐데. 월터 램이 토비를 묘사한 말은 매우 적절했다.

그렇게 우리는 논쟁을 벌였다. 셰익스피어에 대해서, 수많은 것들에 대해서. 종종 화를 내기도 했지만 서로에 대해 경탄하면서 매료되곤 했다. 어느 날 밤에 집으로 걸어오면서 그

레이스 인 법학원 근처에서 토비가 "초록색 옷을 입은 그 남자가 무슨 생각을 하는지 늘 궁금했어."(이 말은 어디 나오는 것일까?)라고 말했을 때 나는 신이 났다. 이 말은 그가 내 얘기를 바라고, 내 의견을 알고 싶고, 어둠 속의 판석이 아직 가라앉지 않은 내 섬의 하나라는 뜻이었음을 알기에. 그렇지만 우리는 얼마나 말을 삼갔던지! 요즘 남매들은 거의 모든 주제에 대해서 거리낌 없이 얘기를 나눈다. 섹스나 남색, 생리에 대해서도. 우리는 자기 자신에 대해서도 많은 얘기를 나눈 적이 없다. 비밀이나 칭찬, 키스나 자기 분석도 토비와 주고받은 기억이 없다. 섹스에 대해 생각해 보면, 그는 우리가 지켜보는 가운데 어린애에서 소년으로, 소년에서 청년으로 성장했지만 자신이 느끼는 감정을 드러낸다고 여겨질 말을 단 한 마디도 하지 않았다. 그를 사랑한 다른 소년들이 있었을까? 그가 다른 소년들과 사랑에 빠지지 않았음은 확실하다. 훗날 클라이브는 (온갖 얘기를 허물없이 나누게 되었을 때) 리튼의 동성애를 토비가 상투적인 농담거리로 삼았다고 말했다. 리튼 스트래치의 터무니없고 우스꽝스러운 바보짓 중 하나였다는 것이다. 하지만 토비의 과묵함(그의 침묵은 차분하고 감미롭게 이어졌고, 깊이와 진지함, 말로 하면 파괴될 감정의 힘과 속성을 품었을 것이다.) 밑에는 깊은 다감성과 감수성, 우리에 대한 크나큰 자부심(케임브리지 대학교에서 그의 벽난로 위에는 늘 우리 사진이 세워져 있었다.), 그를 연인이자 남편, 아버지로 만들어 주었을 온갖 욕망이 잠겨 있다고 나는 느꼈다. 그렇게 깊이 잠겨 있었지만 그의 사랑은 이미 뚜렷한 윤곽을 드러냈다. 사진을 찾아낸 제럴드가 밝혀냈듯이 케임브리지에 그가 좋아한 댄스 여교사가 있었던가? 그리고 물론 엘레나가 있었다. 그다음으로 아이린이 있었다. 그러나 사랑하는 여자들에게 그는 얼마나 격식을 차리며 정중하게 접근했을까. 얼마나 과묵했을까. 말없이 떨면서 접근하는 모습이 얼마나 두드러졌을까. 그의 사적 생활은 그러했을 것이다. 공적으로 그가 즉위했더라면 틀림없이 판사가 되었을 것이다. 오늘날 스티븐 판사로서 몇 권의 저서를 출간했으리라. 한두 권은 법률에 관한 저서이고, 사기꾼을 폭로하는 에세이도 있고, 직접 그린 그림이 들어간 조류에 관한 책도 출간했을지 모른다. 지금쯤 예순 살의 유명 인사가 되었을 테지만 걸출한 인물은 아니었을지 모른다. 그는 너무 우울하고 너무나 독자적이며 비순응적이라서 기존의 틀을 받아들이지 않았다. 그는 성공한 인물이라기보다는 개성적인 인물이었을 것이다. 그가 즉위했더라면.

조종처럼 울리는 이 단어들은 그런 단어가 전혀 들리지 않았던 시절에 대한 내 기억에 영향을 미친다. 우리는 그가 스물여섯이고 내가 스물넷이었을 때 그가 죽으리라고는 전혀 예감하지 못했다. 내가 늘 조종 소리를 듣고 그것을 전달한다고 한다면 사실을 왜곡한 말이고, 그것에 대비하려면 적어 두는 수밖에 없다. 당시 나는 지금 보듯이 앞날이 완전히 사라진 인물로 그를 보지 않았다. 당시 나는 그 순간만 생각했다. 거기 방에 있는 토비를. 방금 클리프턴에서 돌아왔거나 케임브리지에서 돌아왔고, 잠시 들어와 나와 논쟁을 벌이던 그를. 어느 날을 떠올려도 흥미진진한 순간들이었다. 그런 순간에 우리 둘 다 안개 자욱한 아동기를 밀어냈고, 각자 서서히 드러나는 상대의 모습을 보았고, 각자 자신 속에서 그리고 상대에게서 솟아나는 새로운 자질을 감지했다. 새로운 것을 발견한 나날이었다. 행복한 날이라 부르든 불행한 날이라 부르든 흥미진진한 날이었고, 마음을 뒤흔든 날들이었다. 외적으로는 토비가 J. 힐스의 새 푸른 모직 정장을 입고 놀랍게도 멋지게 보인다는 사실을 발견한 기억이 있다. 그가 케임브리지 대학에 입학한 1899년 10월이었다. 그해 여름에 워보이스에서 그가 파이프 담배를 피운다는 것을 알았다. 그는 파이프를 절대 입에서 떼지 않았다. 여러 학기가 지나면서 나는 벨과 스트래치, 시드니터너를 알게 되었다. 그런데 지금 이 얘기는 하이드파크 게이트에 있던 나에게서 너무 멀리 벗어나고 있다. 그러니 스텔라가 죽은 1897년으로 돌아가겠다.

그 시절은 하나의 장면으로 요약할 수 있다. 스텔라가 죽은 후의 몇 달을 생각하면 어두운 여름밤에 이파리 하나 없이 서 있던 관목, 줄기가 앙상한 나무가 늘 떠오른다. 정원의 정자 바깥에 가느다란 잔가지가 늘어진 나무가 서 있다. 정자 안에서 나는 잭 힐스와 앉아 있다. 그는 내 손을 꽉 움켜쥐고 비튼다. 그는 신음한다. "마음이 갈기갈기 찢겨서……" 그는 출산하는 여자들이 홑이불을 움켜잡듯이 고통을 견디려고 내 손을 움켜잡았다. "하지만 넌 이해 못 할 거야." 그가 말을 끊었다. "아니, 할 수 있어요." 내가 중얼거렸다. 그가 성적 욕망으로 갈기갈기 찢어진다는 뜻이라고 나는 어렴풋이 느꼈다. 스텔라의 죽음에 고뇌를 느끼는 동시에 성욕을 느낀다는 것을 알았다. 그 두 가지가 그를 고문했다. 그런데 그가 신음을 내는 동안 8월 여름날의 어스름 속에 서 있던 나무가 그의 고뇌, 우리의 헛된 고뇌를 상징하며 그 모든 상황을 요약하고 있었다. 이파리 하나 없는 그 나무는 지금도 내게 그 여름철 몇 달의 표상이자 상징이다.

잭은 우리가 페인스윅에서 지내던 집에 주말마다 찾아왔

다. 밤마다 저녁 식사 후 바네사나 내가 그와 단둘이 이리저리 거닐었다. 그는 매일 우리 중 하나에게 편지를 썼다. 우리는 그의 격렬한 번민을 견뎌야 했다. 그는 고통으로 몸부림쳤다. "가엾게도 몹시 안 좋아 보이는군." 아버지가 소리 내어 말한 적이 있다. 그 말을 엿들은 잭은 아버지가 말을 잇지 못하도록 뭐라고 어색하게 더듬거리며 무마했다. 그는 고뇌에 빠진 듯이 보였지만 완강했고 온통 새까만 색으로 차려입었다. 조지와 제럴드, 잭은 머리부터 발끝까지 검정 일색이었다. 이파리 하나 없는 나무와 내 손목을 움켜쥔 잭의 손. 그해 여름을 생각할 때마다 이런 것들이 함께 되살아난다.

여러 달이 지나도록 허울만 남은 우리의 일상 이면에는 이파리가 없는 그 나무가 서 있었다. 그러나 나무는 이파리가 없는 채로 그냥 있지 않는다. 작고 붉고 차가운 싹을 내밀기 시작한다. 그 싹의 이미지를 통해 나는 비탄이나 말다툼, 숨겨지기도 분출되기도 한 짜증, 미묘한 영합을 전하고 싶다. 그것은 집안의 일상적인 생활이 다시 시작되자 아버지의 말대로 스텔라의 죽음이 우리를 더욱 결속하지 않고 우리 모두 적응을 못하고 그녀의 죽음으로 인해 비틀린 관계로 고통스럽게 빠져들었음을 입증했다.

프리텀의 어느 정원에서 한밤중에 있었던 또 다른 장면이 떠오른다. 조지가 내 팔짱을 끼고 있었다. 집안에서 아버지는 다른 사람들과 휘스트 카드 게임을 하고 있었다. 조지가 내게 밖으로 나가자고 해서 잔디밭 주위를 거닐었다. 그가 무슨 말을 했는지는 명확히 기억나지 않는다. 중얼거리는 소리가 되살아나고 그가 내 손을 힘주어 눌렀던 기억이 난다. 그런데 그가 "귀여운 염소"라든가 "영감" 같은 말을 많이 쓰면서 감정에 호소하며 모호하게 바네사와 잭이 사랑에 빠졌다는 소문이 돈다고 말하고 있음을 알아차렸더랬다. 그건 불법이야. 그들의 결혼 말이야. 네가 바네사에게 말을 해서 설득할 수 없겠니? 한밤중의 모호한 이야기였고, 평소와 다름없이 감정적으로 자극했다. 나는 우쭐했고, 중요한 인물이 된 기분이었을게다. 그래서 그가 원하는 대로 말하겠다고 약속했음이 분명하다. 뭐라고? 내가 뭐라고 말했는지는 기억나지 않는다. 다만 바네사의 신랄한 대답이 기억난다. "그래, 너도 그들 편이구나."

그 순간 나는 바네사에게 그녀의 편이 있음을 깨달았다. 그렇다면 물론 나는 바네사 편이었다. 당혹해하면서 나는 당장 조지 편에서 바네사 편으로 비틀거리며 옮겨 갔다. 그러나 막연하고 혼란스러운 감정을 느꼈던 것으로 보아 나는 그 상황을 정확하게 이해하지 못했다. 조지는 내게 다시 도움을 청하지 않았고 다른 조치를 시도했다. 후에 바네사가 들려준 바에 의하면 그 한 가지 조치는 아버지에게 직접 호소한 것이었다. 우리가 아버지와 편안한 관계였더라면 진지한 문제에서 아버지의 조언에 의지할 수 있게 해 주었을 그 중추의 지성으로 아버지는 다만 바네사가 원하는 대로 해야 한다고 대답했다. 본인은 간섭하지 않겠다는 거였다. 내가 아버지에게 찬탄하는 바는 바로 그것이다. 한층 큰 문제에서 아버지가 보여 주는 품위와 온전한 분별력이다. 그것이 그의 짜증과 허영심, 이기심에 덮여 버리는 경우는 많았다.

그런데 이런 장면들이 순전히 문학적 장치로서 수많은 실오라기들을 매듭짓고 요약하는 수단인 것은 아니다. 수많은 실오라기들이 존재했다. 지금도 내가 잠시 멈추고 엉킨 것을 풀어내면 많은 실오라기를 모을 수 있다. 하지만 왠지 몰라도 내게는 장면을 그리는 것이 과거를 특징적으로 드러내는 자연스러운 방법임을 알게 된다. 어떤 장면이 늘 표면에 떠올라 배열되고 상징적 표상이 된다. 이것은 인간이라는 존재가 실체(리얼리티)라고 편리하게 부르는 것 위에 떠 있는 밀폐된 배라는 내 본능적 생각(이 생각은 비논리적이라서 논증을 배겨 내지 못한다.)을 확인해 준다. 어떤 순간에, 어떤 이유도 없이, 노력을 전혀 들이지 않아도, 밀폐용 물질에 금이 가고, 실체가 밀려들어 온다. 그것이 장면이다. 장면이 영속적인 것으로 이루어지지 않았으면 파괴적인 숱한 세월을 견디고 온전히 남지 못할 것이다. 장면이 실체라는 증거는 이것이다. 이처럼 장면에 빠져드는 내 성향은 글을 쓰려는 충동의 원천일까? 실체에 관한, 장면에 관한, 그리고 장면과 글쓰기의 관련성에 관한 이런 물음에 나는 답을 알지 못하고 그 물음을 세밀하게 제기할 시간도 없다. 의도한 대로 이 글을 수정해서 다시 쓰게 된다면 그 질문을 더 정확하게 제기하고 고심해서 어떤 답을 내놓을 것이다. 지금까지 써 온 모든 글(소설, 비평, 전기)에서 거의 언제나 장면을 찾아야 했으므로 내가 이 능력을 발전시켜 온 것은 분명하다. 어떤 인물에 대해 쓸 때는 그들의 인생에서 대표적 장면을 찾고, 어떤 책에 대해 논평할 때는 그 저자의 시나 소설에서 그런 장면을 찾아야 한다. 이것은 같은 능력이 아닐까?

그래서 그 앙상한 나무에 돋아난 작고 붉은 싹이나 가시 하나는 이것이었다. 바네사는 잭을 사랑했다. 잭은 이기적으로 그녀의 관심을 빨아들이고 있었다. 사람들이 수군거렸고, 조지와 제럴드는 (어느 정도) 싸울 태세를 갖추고 있었다. 이는 사람들이 슬픔의 메시지나 가르침에 대해 (아버지가 말했듯이) 말할 때 빼놓는 죽음의 일면이다. 사람들은 죽음에 걸맞지 않은 면을 절대 언급하지 않는다. 죽음이 남긴 비탄이나 언짢은 기분, 부적응, 그리고 내게 무엇보다도 고약했던 권태를 말하지 않는다.

1940년 11월 15일. 그 불행했던 몇 년간 우리는 그 장면들을 절대 언급하지 않았다. (이제 보니 나와 바네사의 관계를 보여 주는 장면들이 거의 없다. '장면'에 담기에는 너무 깊은 관계였다.) 토비는 그런 장면들이 있는지 전혀 짐작 못 했을 것이다. 잭과 바네사 사이에 무언가 (그가 썼을 표현으로) 튀어 올랐다고 막연히 생각했을지 모른다. 하지만 그는 전반적으로 초연한 법관처럼 굴었다.(그는 남자 아니던가? 남자들은 가정의 하찮은 문제를 무시하지 않던가?) 학생으로, 대학생으로 동떨어진 위치에서 그는 전반적으로 우리가 우리의 운명을 받아들여야 한다고 느꼈다. 조지가 우리를 파티에 데려가려 한다면 가지 않을 이유가 없다. 아버지가 (아버지는 평범한 남자의 전형이 아니라고 토비가 내게 말한 적이 있다.) 우리에게 산책하기를 바란다면 우리는 따라야 한다. 솔즈베리에서 피셔 가족이 이웃해 살았을 때, 바네사는 그들을 몹시 싫어했다. 특히 악의적으로 간섭하고 코프의 스튜디오에 간교한 편지를 보내서 조지와 잭에 대한 그녀의 태도를 비판했던 메리 숙모를 싫어했다. 그래서 바네사가 그들을 방문하기를 거부하고 거리에서 그들과 마주쳐도 모른 체했을 때 토비는 그로서는 흔치 않은 엄숙한 선고를 내렸다. 메리 숙모를 그렇게 대하는 것은 옳지 않다고 퉁명스럽게 말했던 거다.

그래서 바네사와 나는 긴밀한 결탁을 맺게 되었다. 방이 많은 그 큰 집에서, 많은 남자들이 오가는 세계에서, 우리는 우리의 은밀한 중심을 구성했다. 그것은 메아리가 울리는 하이드파크 게이트의 커다란 껍데기 속에서 예리한 삶과 즉각적인 공감의 작고 민감한 중심으로 마음에 떠오른다. 낮이면 그 껍데기는 텅 비었다. 저녁이 되면 모두 돌아오곤 했다. 에이드리언은 웨스트민스터에서, 잭은 링컨스인 법학원 필즈에서, 제럴드는 덴츠에서, 조지는 체신부나 재무부에서, 바네사와 내가 관장한 집안의 중심, 다탁으로 돌아왔다. 우리는 대체로 (오전 일이 끝난 후) 함께 시간을 보내곤 했다. 함께 우리만의 관점을 형성했고 그 관점으로 세상을 내다보았다. 세상은 우리에게 거의 똑같아 보였다. 스텔라가 죽은 직후에 우리는 이 당혹스럽고 답답한 소용돌이에서 우리에게 설 자리가 있어야 한다는 것을 깨달았다. 매일매일 우리는 늘 빼앗기거나 왜곡되는 그것을 위해 싸웠다. 우리의 활력과 살아가려는 몸부림에 가장 무거운 바위를 올려놓고 언제라도 방해하는 사람은 물론 아버지였다. 우리가 함께 계획을 세우지 않은 날은 거의 없었다. 키티 맥스나 케이티 신이 찾아올 때 혹시 아버지는 외출하실까? 내가 켄싱턴가든을 산책하며 오후를 보내야 할까? 늙은 브라이스 씨가 차를 마시러 올까? 우리가 친구들을 스튜디오에, 즉 놀이방에 데려갈 수 있을까? 부활절에 브라이튼을 피할 수 있을까? 이렇게 매일매일 우리는 아버지가 올려놓은 엄청난 장애물의 압박을 없애려고 애썼다. 그리고 수요일마다 돌아오는 공포, 그 경악은 일주일 내내 가시지 않았다. 수요일이 되면 일주일치 가계부를 아버지에게 보여 드렸다. 아침 일찍 우리는 가계 지출이 위험선(내 기억이 옳다면 11

파운드)을 넘었는지 아닌지 알고 있었다. 고약한 수요일이면
고문을 예상하며 점심을 먹었다. 식사 후에 가계부를 보여 드
리면 아버지는 안경을 쓰고 숫자를 훑어보다가 주먹으로 가
계부를 내리쳤다. 핏줄이 부풀어 오르고 얼굴이 시뻘게졌다.
알아들을 수 없는 소리로 포효했다. 그러고는 소리쳤다……
"난 파산했어." 그러고는 가슴을 쳤고, 희한하게도 연극하듯
이 자기 연민과 경악, 분노를 표출했다. 바네사는 입을 꾹 다
물고 옆에 서 있었다. 아버지는 바네사에게 비난과 욕설을 퍼
부었다. "아버지에 대한 동정심도 없는 게냐? 거기 돌덩이처
럼 서서……" 이런 식이었다. 바네사는 입도 뻥긋하지 않았
다. 아버지는 바네사더러 무모한 짓을 한다느니, 자기 신세가
비참하다느니, 바네사에게 낭비벽이 있다느니 하면서 생각나
는 대로 아무 말이나 퍼부었다. 그래도 바네사는 꼼짝하지 않
았다. 그러고 나면 아버지는 다른 태도를 취했다. 낮은 신음을
내면서 펜을 잡고는 보란 듯이 떨리는 손으로 수표를 썼다. 천
천히 끙끙 소리를 연발하며 펜과 가계부를 밀어내고 나면 의
자에 파묻혀 고개를 가슴 위에 푹 떨군 채 진풍경을 만들어 냈
다. 그러다 싫증이 나면 책을 들고 잠시 읽다가 애처롭게 호소
하듯이 (이런 분노의 폭발을 내가 목격하기는 바라지 않았기에) 말
하곤 했다. "오늘 오후에 뭘 할 거니, 지니?" 나는 입을 열 수
없었다. 그처럼 맹렬한 분노와 좌절을 느낀 적이 없었다. 내가
느낀, 아버지에 대한 무한한 경멸과 바네사에 대한 연민을 한
마디도 표현할 수 없었다.

내가 묘사할 수 있는 대로 고약한 수요일을 과장 없이 기
록하면 그러했다. 고약한 수요일은 우리의 뇌리를 잠시도 떠
나지 않았다. 지금도 나는 아버지의 처신이 야만적이었다고

말할 수밖에 없다. 아버지가 말 대신 채찍을 썼다면 야만성이 덜했을 것이다. 그 야만성을 어떻게 설명할 수 있을까? 아버지의 생애를 살펴보면 일부 설명할 수 있다. 어린 시절에 화분을 깨뜨려서 자기 어머니에게 던진 (사실인지 아닌지는 알 수 없으나 그 이야기는 이렇게 전개되었다.) 이후로 아버지는 응석받이로 자랐다. 당시에는 병약하다는 구실이 있었다. 나중에는 이미 말했듯이 천재라는 전설이 있었다. 처음에는 그의 누이 캐리가, 다음에는 민니가, 그다음에는 내 어머니가 그 전설을 받아들였고, 그 앞에 절함으로써 다른 이가 져야 할 부담을 키웠다. 하지만 몇 가지 덧붙이거나 단서를 달아야 한다. 우선 아버지가 남자들 앞에서는 이런 장면들에 탐닉한 적이 없다는 것을 주목할 만하다. 그래서 레슬리의 기질은 다채롭게 쏟아지는 불꽃이라는 프레드 메이트랜드의 (그의 전기에 쓴) 표현을 능가한다고 캐리가 교묘하게 일러 주었지만 프레드는 그 말을 단호히 불신했다. 만일 아버지에게 가계부를 보여 준 사람이 토비나 조지였으면 분노의 폭발은 최소한으로 줄었을 것이다. 그렇다면 아버지는 왜 여자들 앞에서 분노에 탐닉하기를 부끄러워하지 않았을까? 물론 부분적으로는 여자들이 당시에 (금박 입힌 천사의 모습이었지만) 노예였기 때문이다. 그렇지만 아버지가 가슴을 치고 신음하며 자기를 극화하면서 감정을 드러낼 때의 연극적 요소는 설명하지 못한다. 그것을 설명하는 길은 아버지가 여자들에게 의존했다는 것이다. 아버지에게는 자신의 연기를 보아 줄 여자, 자기에게 공감하고 위로해 줄 여자가 늘 필요했다.("네 아버지는 우리 없이 살 수 없는 남자란다. 우리에게는 아주 좋은 일이지." 메리 고모가 속삭인 적이 있었다. 고모와 팔짱을 끼고 아래층으로 내려오면서 나는 그 말을 나중에 따져 보려고 간직해 두었다.) 아버지는 왜 여자들이 필요했을까? 철학자로서 실패했음을 의식했기 때문이다. 그 실패가 그를 좀먹었다. 하지만 그의 신조, 말하자면 공적 관계에서 자신이 택한 태도 때문에 그는 칭찬을 받고 싶은 욕구를 숨겼다. 그래서 프레드 메이트랜드와 허버트 피셔의 눈에는 아버지가 순전히 자기 비하적이고 겸손하며 스스로를 터무니없이 변변찮게 평가하는 사람으로 보였다. 우리에게는 탐욕적으로 수치심 없이 찬사를 요구하며 강요했다. 그렇다면, 이처럼 억제와 욕구가 결합되어 있다면, 바네사에게 그토록 야만적으로 굴었던 까닭은 여자들이 자극을 받아 베풀어 주는 공감을 절실히 바랐기 때문일 것이다. 바네사가 노예이자 천사인 여자의 역할을 받아들이지 않았기에 아버지는 격분했고, 자신에게 필요했던 자기 연민의 흐름이 가로막히자 자기도 알지 못했던 본능이 끓어올랐던 것이다. 하지만 수치스러운 본능이었다. "네 생각에는 아버지가……" 격렬한 분노를 터뜨린 후에 한번은 아버지가 내게 말했다. "어리석어 보이겠지."라고 말했던 것 같다. 나는 아무 말도 하지 않았다. 나는 아버지를 어리석다고 생각하지 않았다, 야만적이라고 생각했지.

누군가 아버지에게 "딸을 그렇게 대하다니 당신은 야만인이오……"라고 간단히 단도직입적으로 말했다면 아버지는 뭐라고 대답했을까? 그 말은 아버지에게 아무 의미도 없었을 게다. 자기 행위를 전혀 자각하지 못한 이유는 그의 저서에서 명백히 드러나는, 비판력과 상상력의 불균형에서 찾을 수 있다. 밀이나 벤덤, 홉스의 사상을 분석해 보라고 하면 아버지는 (메이너드가 내게 말했듯이) 예리함과 명료함, 공정함의 정수를 보여 준다. 그러나 어떤 인물을 묘사해 보라고 하면 아버지는

(내가 보기에) 너무나 미숙하고 기초적이며 상투적이라서 어린애가 분필로 그린 초상화보다도 섬세하지 못하다. 이런 사정을 설명하려면 케임브리지 대학과 그곳의 편향된 교육이 어떤 손상을 입히는지 논해야 할 테고, 다음으로 19세기 작가의 직업과 집중적인 두뇌 작업이 어떤 훼손을 가하는지를 논해야 할 것이다. (아버지는 손을 사용해서 일한 적이 없다.) 이 두 가지 영향력이 선천적으로 음악과 미술에 무감각하고 청교도적으로 양육된 성격에 어떻게 작용했는지를 보여야 할 것이다. 이 모든 것을 고려하고, 그것이 어떤 감수성을 강화하고 다른 감수성을 위축하는 데 미친 효과를 고려해야 한다.

실은 예순다섯의 나이에 아버지는 고립되고 자신의 감옥에 갇혀 있었다. 그는 자기 감정을 너무 무시했거나 감추었으므로 자신이 어떤 사람인지 알지 못했고, 다른 사람들에 대해서도 알지 못했다. 그래서 경악스럽고 소름 끼칠 만큼 난폭한 분노를 드러낸 것이다. 거기에는 맹목적이고 동물적이고 야만적인 구석이 있었다. 로저 프라이는 문명이 자각을 뜻한다고 했다. 극도로 자각이 없었다는 점에서 아버지는 미개한 사람이었다. 그는 자신이 무엇을 했는지 깨닫지 못했다. 누구도 일깨워 줄 수 없었다. 하지만 아버지는 고통스러워했다. 자기 감옥의 벽을 통해서 깨닫는 순간은 있었다.

이 모든 것에서 나는 자기 중심벽만큼 두려운 것은 없다고 생각하게 되었고 그 생각은 집요하게 오래갔다. 그만큼 본인에게 잔인하게 해를 입히는 것도 없고, 어쩔 수 없이 그것에 접촉해야 하는 사람들에게 더 큰 상처를 주는 것도 없다.

그러나 멀리 지나온 현재 시점에서 보면, 우리가 그 시절에 볼 수 없었던 것을 볼 수 있다. 아버지와 우리 사이에는 나이 차로 인한 간극이 있었다는 점이다. 서로 다른 두 시대가 하이드파크 게이트의 응접실에서 대면했다. 빅토리아 시대와 에드워드 시대가. 우리는 아버지의 자식 세대가 아니라 증손 세대였다. 아버지와 우리의 접촉에 완충 작용을 할 세대가 있어야 했다. 그래서 우리는 격분하는 아버지가 어쩐지 우스꽝스럽게 보인다고 예리하게 인식했다. 우리는 미래를 향한 눈으로 아버지를 보았다. 우리가 본 것이 지금 열여섯이나 열여덟 살 소년 소녀에게는 너무나 지당한 것이라서 묘사할 필요도 없다. 하지만 우리는 미래를 내다보면서도 과거의 힘에 완전히 짓눌려 있었다. 우리 둘 다 천성적으로 탐험과 혁명을 추구했지만, 우리 자신에 비해 오십 년쯤 늦은 사회에 지배되어 살았다. 이 기이한 사실 때문에 우리의 투쟁은 몹시 쓰라리고 격렬했다. 우리가 살던 사회는 아직 빅토리아 사회였던 것이다. 아버지는 전형적인 빅토리아 시대 사람이었다. 조지와 제럴드는 빅토리아 시대에 동의하고 찬성했다. 그래서 우리는 개인적으로, 사회적으로 두 가지 언쟁을 벌이고 두 가지 전투를 치러야 했다. 말하자면 우리는 1910년에, 그들은 1860년에 살고 있었다.

1900년의 하이드파크 게이트는 빅토리아 사회의 완벽한 모형이었다. 1900년에 우리가 살아가던 날들의 어느 하루를 과거에서 뽑아낼 수 있다면, 그날은 분주히 돌아다니는 개미와 벌 들이 유리 덮개를 통해 내려다보이는 상자의 단면처럼 빅토리아 중상층 생활의 단면을 보여 줄 것이다. 우리의 하루는 8시 30분의 아침 식사로 시작했다. 에이드리언은 음식을 급히 삼켰고 아래층에 있던 바네사나 내가 그를 배웅했다. 현관문에 서서 우리는 그가 마틴 씨 집의 불룩 나온 담벼락 뒤로 사라질 때까지 손을 흔들곤 했다. 이렇게 손을 흔들어 배웅하는 것은 스텔라가 우리에게 물려준 관습이었다. 가정생활의 표면 밑에 묻혀 있는 죽은 손의 떨림이었다. 아버지는 한숨을 쉬고 씨근거리며 아침을 먹곤 했다. 배달된 편지가 없으면 "모두들 날 잊었어."라고 소리 지르곤 했다. 바커스가 보낸 긴 편지 봉투가 보이면 물론 갑자기 큰 고함이 터져 나왔다. 조지와 제럴드는 나중에 식당에 들어오곤 했다. 바네사는 금색 고정 장치가 달린 커튼 뒤로 사라졌다. 하녀들에게 저녁 식사를 주문하고 나서 그녀는 왕립 미술원으로 가는 붉은 마차를 타러 서둘러 나갔다. 동시에 나가게 되면 제럴드는 매일 불러오는 이륜마차에 그녀를 태워 주곤 했다. 대체로 동일한 마차였는데, 여름에 마부는 붉은 카네이션을 달았다. 조지는 더 늦게 아침을 먹었고 이따금 나를 세모난 의자에 앉히고 지난밤 파티에 대한 잡담을 늘어놓았다. 그러고는 내게 키스하고 프록코트의 단추를 채운 후 실크 모자를 벨벳 장갑으로 말끔하게 문지르고는 리브편 양말에 작고 반짝이는 구두를 신고 멋지고 당당한 모습으로 재무부로 뜸들이지 않고 출발했다.

큰 집에 홀로 남겨진 아버지는 꼭대기 층의 서재에 틀어박혀 있었다. 리지는 계단의 놋쇠 양탄자 누르개를 닦고 다른 하녀는 침실을 정리하고 섀그는 양탄자 위에서 낮잠을 자고 소피는 뒷문에 서서 상인들이 수레에 실어 온 고깃덩어리와 우유, 야채를 들여놓을 때 나는 내 방에 올라가 리델과 스콧의 작품을 펼쳐 놓고 앉아서 플라톤을 읽거나 클라라 페이터나 재닛 케이스에게 보여 줄 유리피데스나 소포클레스의 어떤 장면을 구상했다.

10시부터 1시까지 빅토리아 사회는 우리에게 특별한 압력을 가하지 않았다. 바네사는 발 프린셉이나 울레스 R. A. 씨가 지켜보는 가운데, 때로는 그 위대한 사전트가 몸소 지켜보는 가운데, 그리스 조각을 섬세하게 연필로 스케치했고, 그것을 집에 가져와서 이상한 냄새가 나는 혼합물을 뿌려 고착시켰다. 때로 헨리 어빙 경 같은 남자 배우 모델을 유화로 그리기도 했다. 나는 글을 읽고 썼다. 세 시간 동안 우리는 지금도 살고 있는 세계에서 살았다. 이 순간에도(1940년 11월) 바네사는 찰스턴에서 그림을 그리고, 나는 여기 몽크스하우스의 정원이 내다보이는 방에서 글을 쓰고 있으니까. 우리가 입는 옷이나 스커트가 약간 짧아지기는 했어도 그리 다르지 않다. 당시 내 머리칼은 지금보다 더 헝클어지지 않았고, 바네사는 푸른 작업복을 입었는데 지금도 틀림없이 그럴 것이다.

빅토리아 사회는 4시 30분경에 압력을 가하기 시작했다. 무엇보다도 그 시간이면 집에 있어야 했다. 둘 다 있으면 좋지만 적어도 한 명은 반드시 있어야 했다. 5시에 아버지에게 차를 대접해야 했다. 우리는 몸단장을 하고 바네사는 다탁에, 나는 소파에 앉아야 했다. 그린 부인이나 험프리 워드 부인이 오기 때문이다. 손님이 없더라도 그 자리에 있어야 했다. 당시의 관습으로는 아버지가 혼자 차를 따라 마실 수 없기 때문이다.

현관 벨이 울리고 오후의 검은 드레스에 흰 앞치마를 두른 리지가 손님이 왔다고 알려 주면 사회의 압력이 당장 명백해졌다. 그 즉시 우리는 예절을 갖춘 젊은 숙녀가 되었다. 우리는 지금도 그 예절을 갖추고 있다. 어머니와 스텔라의 매너를 기억해서 배운 것이기도 하고, 찾아온 손님들이 우리에게 부과한 것이기도 했다. 가령 로니 노먼 같은 청년이 젊은 숙녀에게 말을 건넬 때의 예절은 주의를 끌었던 것이다. 찾아온 손님이 로니 노먼이나 이블린 가들리, 엘사 벨, 플로런스 비숍이라고 가정해 보자. 먼저 우리는 대화를 나눠야 한다. 대화는 말다툼도 아니고 험담도 아니다. 가볍고 격식에 맞고 여러 가지가 혼합된 정교한 것이었다. 물론 대화는 끊어지면 안 된다. 침묵은 관습 위반이다. 적절한 순간에 우리는 아버지의 나팔 소리를 받아서 적절한 부분을 아버지에게 전달하곤 했다. 그러고 나서 용케 할 수 있으면 나팔을 교묘하게 플로런스 비숍에게 넘겼다. 그러고는 로니 노먼의 말로 다시 새로운 이야기를 섞어 나갔다. 그는 매우 흥겨운 연극이나 그림에 관해 얘기할 것이다. 친구들에 대한 가벼운 언급도 할 수 있었다. 엘사 벨은, 그녀의 말을 정확히 기억하자면 "거리에서 나와 마주치면 내 오라버니들은 언제나 모자를 벗어 인사해요."라고 사교적으로 말했다. 형제들과 그들의 매너에 대한 가벼운 논의가 이어졌다. 이 부분에서 아버지는 신음을 내며 끼어들곤 했다.

……아버지는 짜증을 냈다. 플로런스 비숍도 화가 나서 아버지가 건강해 보인다는 자신의 유감스러운 언급을 철회했다. 로니 노먼은 아버지에게 존 스튜어트 밀을 기억하느냐고 물었다. 아버지는 (로니 노먼을 좋아했기에) 기분이 누그러져서 첼시에서 밀과 그의 부친을 만난 적이 있다고 말했다. "아, 아주 오래전 얘기지……" 그는 말하곤 했다. 대화를 나누다 보면 작은 낭떠러지와 폭포, 위험한 곳들이 있었지만 이런 식으로 진행되었다. 대화 전체가 빅토리아 사회의 예절에 에워싸여 있었다. 로니 노먼, 이블린 가들리, 비숍 양에게는 그런 대화가 자연스러웠을 터였다. 바네사와 내게는 자연스럽지 않았다. 우리는 그것을 배웠다. 어머니가 그런 예절을 갖고 있었

기에 부분적으로 기억을 떠올려 배웠다. 상대방이 우리에게 강요하기도 했다. 로니 노먼이 그렇게 말하면 동일한 말투로 대답해야 했다. 누구도 그 관습을 깨지 않았다. 내가 그랬듯 귀 기울여 들어 보면 마치 게임을 구경하는 것 같았다. 누구나 그 규칙을 알아야 했다.

바네사와 나는 빅토리아 사회의 게임 규칙을 철저히 배웠기에 절대로 잊을 수 없었다. 우리는 지금도 그 게임을 한다. 그 게임은 유용하다. 또한 그 나름의 아름다움도 있다. 그것이 억제라든가 공감, 이타심 같은 문명화된 자질에 기반을 두고 있기 때문이다. 그 게임은 생경한 잡동사니를 볼품 있는 것으로 만드는 데 쓸모가 있다. 가드너 소령, 채버스 부인, 듀튼 부인이 그 게임을 사교적 파티로 만들려면 어떤 용해제가 필요하다. 그런데 빅토리아 사회의 예절은, 확신할 수는 없지만, 글을 쓰는 데는 불리하게 작용한다. 오래전에 내가 《타임스 문학 부록》에 기고한 비평을 읽다 보면 그 글들의 정중함과 공손함, 완곡한 접근이 다탁에서 받은 훈련에서 비롯됐음을 알게 된다. 어떤 책에 대해 논평하는 것이 아니라, 수줍어하는 청년들에게 롤빵이 담긴 접시를 건네고 크림과 설탕을 넣는지 물어보는 내 모습이 떠오른다. 반면에 똑바로 진군해서 큰 소리로 외쳤더라면 들리지 않았을 것을 표면상의 매너 덕분에 살짝 끼워 넣을 수 있다는 것을 나는 알게 되었다.

사교계, 빅토리아 사회 중산층의 사교계는 불이 켜질 때 나타난다. 7시 30분쯤 그 조직의 압력이 강해진다. 7시 30분에 우리는 위층에 올라가 옷을 갈아입는다. 아무리 춥고 지독한 안개가 낀 날이라도 낮에 입었던 옷을 벗고 덜덜 떨면서 세면대 앞에 선다. 세면대에 뜨거운 물이 담긴 양철통이 있다. 8시에 목이 깊게 파인 이브닝드레스를 입고 맨팔로 응접실에 들어서야 하므로 목과 팔을 문질러 닦아야 한다. 7시 30분에는 드레스와 머리 손질이 그림과 그리스 문법을 압도한다. 나는 말끔할 뿐 아니라 볼품 있게 차리려고 조지가 선물한 치펀데일 거울 앞에 서곤 했다. 재주가 있는 사람이라도 연간 50파운드 용돈으로는 이브닝드레스를 근사하게 차려입기 어려웠다. 나는 재주마저 없었다. 제인 브라이드가 만든 실내용 드레스는 1~2파운드에 살 수 있지만 영 부인이 만든 파티용 드레스에는 15기니가 들었다. 그래서 기억에 떠오르는 어느 날 밤에 그랬듯이 스토리즈 가구점에서 산 녹색 직물로 실내용 드레스를 저렴하지만 특이하게 만들었다. 그 천은 벨벳도 플러시도 아니었다. 드레스가 아니라 의자에 쓰이는 어중간한 천이었다. 1900년의 어느 겨울 저녁에 나는 그 녹색 드레스를 입고 아래층에 내려왔다. 새 드레스가 완성되면 솜씨 없는 사람이라도 흥분하기 마련이어서 불안하면서도 의기양양한 기분이었다. 응접실의 불은 환히 밝혀져 있었다. 활활 타오르는 난로 앞에 조지가 검은 넥타이를 맨 정찬 재킷 차림으로 닥스훈트 슈스터를 무릎에 올려놓고 앉아 있었다. 그는 우리의 옷을 찬찬히 살펴볼 때 늘 그랬듯이 유난히 세심하고 면밀하게 검토하는 시선으로 당장 나를 응시했다. 마장에 들어선 말처럼 나를 잠시 위아래로 살펴보고는 언짢은 기색을 눈가에 드러냈다. 그것은 심미적 불만뿐 아니라 더 뿌리 깊은 무언가를 표현했다. 모종의 반란이나 그가 수용한 기준에 대한 반발의 낌새를 맡은 듯이 도덕적, 사회적으로 비난하는 눈길이었다. 나는 당시 분석할 수 없었던 여러 관점에서 매도되고 있음을 느꼈다. 거기 서 있는 동안 두려움과 수치심, 극심한 고뇌를 느꼈다. 많은 감정들이 그렇듯 표면적 원인에 비해 지나친 감정이었다. 마침내 조지가 말했다. "가서 그걸 찢어 버려." 그는 기이하게도 신랄하고 성마르게 쉰 목소리로 말했다. 분노한 남성의 목소리였다. 용납할 수 없는 규범 위반에 진지한 불쾌감을 표현한 목소리였다.

조지는 빅토리아 사회를 순전히 맹목적으로 받아들인 인물이므로, 고고학자에게 매력적인 대상이 될 수 있을 것이다. 한 점의 화석처럼 그에게는 1870년부터 1900년까지 중상층 사회 관습의 온갖 금과 주름이 새겨져 있었다. 그는 꼭 맞는 질료로 형성되었을 터였다. 그는 주형에 흘러 들어갔고, 의심할 바 없이 그 무늬를 망쳐 놓았다. 아버지에게는 그 시대의 굵직한 표시가 새겨져 있었다. 가령 여자는 순결해야 하고 남자는 남성적이어야 한다는 믿음이나 폭언에 대한 혐오(래지아 코시니가 차를 마신 후 담배를 피웠을 때 제럴드는 "빌어먹을!" 하더니 두 손을 번쩍 들어 항의했다. "난 내 응접실을 술집으로 만들지 않겠어!" 그가 소리쳤다.)가 새겨져 있었다. 그러나 아버지는 경탄스러운 지성과 이성에 대한 존중심으로 빅토리아 사회의 하찮고 자질구레한 규범을 지워 버렸다. 아버지처럼 속물적이지 않은 사람은 없었고, 지위나 사치에 그토록 무관심한 사람도 없었다. 그런데 아버지에게 그 시대의 굵직한 선들이 새겨져 있었다면, 조지는 그 굵직한 선들에 십자 표시를 채워 넣고 극히 자질구레한 것들을 잔글씨로 새겨 넣었다. 빅토리아 시대의 화석으로 조지보다 완벽한 인물은 있을 수 없었다. 그리하여 아버지는 1860년대의 얼개를 보존한 반면, 조지는 아주 작은 톱니가 달린 온갖 톱으로 그 얼개를 채웠다. 1900년에 우리의 반항적인 몸이 끼워진 그 조직은 그 얼개로 우리를 꽉 움켜쥐었을 뿐 아니라 수많은 날카로운 톱니로 우리를 물어뜯었다.

　그런데 조지는 어떤 질료로 이루어졌기에 그 무늬가 그리 완벽하게 새겨졌을까? 우선 그는 머리가 모자랐고, 다음으로는 감정이 풍부했다. 육체적 열정은 강렬했다. 이 혼합된 자질이 흘러 들어가 완벽하게 적합한 신체를 이루었다. 그는 인습적으로 볼 때 누구보다도 풍채가 좋았다. 정확히 180센티미터의 키에 몸의 균형이 잘 잡혔고, 노부인들의 표현대로 어느 모로 보나 강건했다. 그의 눈은 너무 작고 아둔해서 그 큰 얼개를 비추지 못했다. 그에게는 연간 1000파운드가 넘는 불로소득이 있었다. 필요에 따라 프록코트며 모자, 구두, 넥타이, 말, 총, 자전거를 얼마든지 쌓아 둘 수 있었다. 이렇게 공급받고 갖춰져 있었으므로 사회는 팔을 활짝 벌리고 그를 끌어안았다. 그는 이튼스쿨과 케임브리지, 혹은 런던에서 어떤 항의도 받았을 리 없다. 그도 항의하지 않았다. 그는 저녁에 응접실에 모인 중상층 세계의 범주를 벗어나려는 본능도, 능력도 없었다. 자기 궤도에서 2~3센티미터도 벗어나지 않았기에 거절을 당하거나 비판을 받은 적도 없었다. 그러므로 반항이란 그에게 낯선 것이었고, 내 녹색 드레스는 그의 마음에 수천 개의 경종을 울렸던 셈이다. 그 드레스는 대담했고 예술적이었다. 고상한 사람들이 고상하게 여길 옷은 아니었다. 방에 들어서는 나를 보았을 때 그는 그 옷이 인습에 맞는지를 자문해 보았을까? 그 옷이 마음속 무언가를 위협한다고 느꼈을까? 내가 어떻든 그의 세계에 그림자를 드리우고 조롱의 손가락을 그에게 겨눈 것일까? 모르겠다. 제럴드가 친절하게 나를 두둔해 준 기억이 난다. "난 그렇게 생각하지 않아. 네 드레스가 마음에 들어." 그가 말했다. 부끄럽게도 나는 조지가 있는 곳에 다시는 그 옷을 입고 가지 않았다. 그의 권위에 굴복한 것이다.

조지가 서른여섯이고 내가 스무 살이었던 것은 사실이다. 그에게는 연간 1000파운드의 수입이 있는 반면에 내 수입은 50파운드였다. 이런 이유로 해서 그의 명령에 복종하지 않기가 어려웠다. 하지만 우리 관계에 또 다른 요소도 있었다. 그의 나이와 권력 외에도 나는 아웃사이더의 감정이라고 부르게 된 감정을 느꼈다. 서커스 텐트가 약간 벌어진 곳에 서서 안을 들여다보는 짐시나 아이가 느낄 법한 감정이었다. 나는 하이드파크 게이트의 응접실에서 한창 무르익는 사교 파티를 바라보았다. 조지는 큰 굴렁쇠를 뛰어넘는 곡예사 같았다. 그를 바라보며 나는 공포와 찬탄을 느꼈을 것이다. 빅토리아 시대의 가부장적 사교 파티가 우리 응접실에서 한창 무르익고 있었다. 거기에는 물론 다양한 구성원들이 있었다. 바네사와 나는 거기 참여하라는 요구를 받지 않았다. 오로지 남성 친지들이 이채로운 지적 게임을 다양하게 펼칠 때 경탄하고 박수 치라는 요구를 받았을 뿐이다. 그들은 대단히 솜씨 좋게 게임을 해 나갔다. 남자 친지들은 대체로 그 게임에 능숙했다. 그들은 그 규칙을 알았고 게임에 승리한 사람을 대단하게 여겼다. 아버지는 가령 학업 성적표와 장학생, 우등 졸업자 명단, 대학원 장학금을 엄청나게 중시했다. 피셔 집안의 남자들은 그 굴렁쇠를 완벽하게 넘었다. 그들은 온갖 상을 받았고 어디서나 우등으로 졸업했다. 얼마 전에 허버트 피셔의 자서전을 읽으면서 나는 허버트가 윈체스터와 옥스퍼드의 뉴칼리지, 내각을 거치지 않았으면 무엇이 되었을지 자문해 보았다. 그 대단한 가부장적 조직에 의해 각인되고 주조되지 않았더라면 그는 어떤 모습을 갖게 되었을까? 우리의 남자 친지들은 누구나 10세가 되면 그런 조직에 들어가서 60세에 교장이나 장군, 장관, 혹은 학장이 되어 나왔다. 짐마차 말이 편자도 없이 갈기를 휘날리며 초원을 경중경중 뛰어다니는 것을 생각할 수 없듯이, 그들을 자연스러운 인간으로 생각하기란 불가능하다.

조지는 지력이 필요한 조직에 들어갈 수 없었다. 외교부에 들어가려고 여러 번 시도했지만 실패했다. 하지만 다른 조직, 사회적 조직이 있었다. 그는 그곳에 들어갔고, 그 게임의 규칙을 잘 배워 부지런히 운용했기에 60세에 나올 때는 레이디 마거리트라는 아내와 나이트 작위 및 어떤 한직, 세 아들과 시골 저택이 있었다. 스무 살의 내가 딱 부러지게 이름 붙일 수 없었던 극히 불명료한 방식으로 조지는 허버트 피셔 못지않게 그 굴렁쇠들을 넘었고 자신에게 요구되는 바를 수행해 나갔다. 그는 사교계에 대한 자신의 믿음을 수천 가지 방식으로 내게 전했다. 그의 친지들이 받아들인 그의 믿음처럼 일반적으로 수용되는 믿음은 깊이와 신속성, 불가피성을 띤다. 그것은 휩쓸고 흘러가면서 아웃사이더에게도 깊은 인상을 준다. 영국 국가를 들을 때, 때로 나도 그 믿음의 흐름을 느끼지만 곧바로 나는 갈가리 찢어진 나 자신을 주시하고 나의 한쪽이 다른 쪽을 비판해 버린다. 조지는 사회가 연주한 옛 노래에 대한 믿음을 결코 의심하지 않았다. 그는 일어서서 모자를 벗고 경의를 표했다. 자신의 행위에 대한 의혹을 품지 않았을뿐더러 박수갈채를 보냈고 강요했다.

이런 인식은 당시 미약하고 일시적이었지만 조지에 대한 내 태도를 기묘하게 비틀어 놓았다. 내가 순종해야 하는 까닭은 그의 뒤에 힘(나이, 재산, 전통)이 있기 때문이었다. 하지만 순종하면서도 나는 놀라지 않을 수 없었다. 조지가 믿는 것을 도대체 어떻게 믿을 수 있을까? 내 내면의 관찰자는 내가 주저하며 순종하는 동안에도 계속 관찰했고 훗날 검토하려고 기록해 두었다. 조지가 가죽 안락의자에 앉아서 너무나 본능적으로, 조금도 망설임 없이, 강압적으로 말하는 광경에 나는 매료되었다. 홀로 위층 내 방에서 나는 그가 밟아갈 법한 경로를 대략적으로 적어 보았는데, 그의 실제 삶은 내 예상을 거의 그대로 따랐다.

빅토리아 사회의 남자들이 지적 굴렁쇠를 넘을 때 우리는 가만히 앉아 박수를 칠 수 있고 실로 그래야 했지만, 불행히도 조지의 굴렁쇠, 그의 사교적 승리는 우리의 도움을 필요로 했다. 물론 이 부분에서도 그의 동기는 실로 늘 그랬듯이 복합적이었다. 우리는 열여덟 살쯤에 당연히 사교계에 나가야 했다. 우리에게 어머니가 없었기에 그가 자연스럽게 어머니의 역할을 대신했다. 하지만 자연스럽지 못한 점은, 그가 원하는 곳에 가야 하고 그가 원하는 대로 행동해야 한다고 주장했다는 것이었다. 여기에 다른 동기가 끼어 있었다. 우리에게 그의 관점을 공유하고 그의 믿음을 지지하게 만들려는 욕구였다. 조지가 왜 이 욕구에 그토록 감정적으로 집착했는지 나는 지금도 이해할 수 없다. 아니, 골똘히 생각해 봐도 진짜 이유를 찾아낼 수 없다. 거기에는 노골적인 지배욕이 있었다. 잭에 대한 질투심도 분명 있었다. 상을 받으려는 욕구도 있었다. 훗날 분명해졌듯이 성적 욕구도 있었다. 어떻든 우리를 데리고 외출하는 문제에 그는 몹시 집착했다. 그래서 런던의 사교 시즌이 시작되면 일주일에 서너 번씩 저녁 식사를 마친 후, 우편물을 받고 차를 마시고 아버지가 서재로 올라간 후에, 우리는 2층으로 올라가서 샐리 영이 15기니를 청구할 긴 새틴 드레스로 갈아입고 긴 하얀색 장갑을 끼고 새틴 구두를 신고 진주나 자수정 목걸이를 걸었다. 불러온 마차가 은빛으로 반짝이는 거리를 따라 달렸다. 건조한 여름밤이면 나무벽돌로 포장된 도로는 은박이 깔린 것 같았다. 어떤 저택에 도착하면 차양이 쳐져 있고 창문마다 환히 빛났으며 붉은 카펫이 깔려 있고 지나가던 몇몇 사람들이 입을 벌리고 쳐다보았다.

1900년의 6월 밤 11시에 사교계는 최대의 압력을 가했다. 뒤따라오는 조지와 함께 온몸에 광선을 받으며 위층으로 올라가면서 얼떨떨하고 우쭐하면서도 얼어붙는 듯 느꼈던 순간이 기억난다. 조지는 실크 모자를 접어 늘 겨드랑이에 끼고 다녔고, 고개를 약간 숙여 인사하며 나를 소개하곤 했다. "제 누이, 버지니아입니다." 그 밖에 기억나는 말이나 인간적 감정이 있을까? 사보이 극장에 갔을 때 여성적 매력의 화신인 조지프 체임벌린 부인이 있었다. 오페라 『니벨룽겐의 반지』를 보러 갔을 때였다. 훤한 대낮이었는데 조지가 요령 부족으로 (그는 밤에 돌아와서 잘잘못을 따져 보곤 했는데, 나중에 그 점에 대해 스스로를 질책했다.) 그 부인을 창문 맞은편에 앉혔다. 당시 그녀는 최고 전성기가 아니었다. 지금 생각해 보니, 에디 마시가 내 옆에 앉아 있었다. 그날 밤에 나는 그를 리처드 마시라고 불렀고 막연히 그를 소설과 연관시켰다. 잠시 후 그는 자기 의무를 다하느라 "당신 아버님께서는 요새 무엇을 쓰십니까?"라고 물었다. 그다음에는 기억나는 것이 없다. 하지만 스케이트를 탈 줄 모르는 사람이 스케이트를 신고 마구 허우적거리며 부딪히듯이 대화를 이어 가려고 허둥거리던 내 모습이 떠오른다. 체임벌린 씨의 집에 갔을 때는 아마도 개인 비서였을 통통하고 맵시 있는 청년이 옆에 앉아 있었다. 우리는 대중 연설에 관해 얘기를 나눴다. 내가 웅변술의 몰락을 맹렬히 규탄하자 그는 "여기 주인장은 훌륭한 연사로 널리 알려져 있습니다."라고 일러 주었다. 그다음에 나는 느닷없이 뛰어들어, 속물적인 축재는 절도나 살인과 마찬가지로 징역형을 받아야 한다고(그런 단어를 썼던 기억이 난다.) 그에게 말했다. 그런데 내가 너무 깊이 뛰어든 나머지 떨리는 내 발에 끈적거리는 것이 들러붙었다. 무도회장 층계에 서 있던 푸른 눈에 차분하고 티 없이 깔끔한 제프리 영의 낭만적 모습이 떠오른다. "이렇게 와 주시다니 매우 친절하시네요." 그가 거만하게 대답했다. 내가 춤을 혐오한다고 이미 그에게 말하지 않았던가? 그러고 나서 그는 나를 내버려 두고 가버렸다. 레이디 슬라이고의 집에서는 어느 맵시 있는 청년에게 귀족들의 일상생활은 어떠한지, 가터 훈작사 작위를 진지하게 받아들이는지 얘기해 달라고 재촉했던 기억이 난다. 또 침묵이 이어졌다. 륄프 스탠리스 집에서는 춤 신청을 받지 못하고 문에 기대 서 있었다. 엘레나 래스본이 다가오더니 파트너가 없는 다른 아가씨에게 나를 소개해 줌으로써 내 자괴감에 결정타를 가했다. 곧 그녀는 내 파트너들이 모두 알게 되었듯이 내가 춤을 추지 못한다는 사실을 알아냈다. 파트너 없이 서 있던 시간의 굴욕감이 되살아난다. 하지만 동시에 지금도 나와 함께 하는 좋은 친구가 나를 떠받쳐 주었다는 생각이 떠오른다. 그 친구란 그 굉장한 구경거리를 관찰하는 의식, 내가 훗날 쓸모가 있을 것을 보고 있다는 냉정하고 분리된 의식이다. 거기 서 있는 동안 나는 그 장면을 묘사할 단어도 찾을 수 있었다. 동시에 설레기도 하고, 기묘한 기분이 들었다. 생전 처음으로 흰 조끼 차림에 장갑을 낀 청년과 접촉했고, 나도 흰 드레스를 입고 장갑을 끼고 있었다. 그것이 비현실적이라면, 그 비현실성이 흥분을 일으켰다. 이윽고 집에 돌아와 보면 내 방은 좁고 어수선해 보였다. 나는 그 단편적 감정들의 파도를 타고 단편적인 대화 토막을 되풀이하면서, 내가 뭐라고 말했고 그가 뭐라고 말했는지 혼자 거듭 되뇌곤 했다. 다음 날 아침에도 케이스 양이 과제로 내준 소포클레스를 읽으면서 여전히 그 대화를 되풀이했다.

이런 것은 하나도 이상하지 않다. 이것이 전부였다면 이런 파티에서 떠오르는 기억이 많지 않았을 것이다. 반짝이는 물이 등에서 흘러내리듯 흘러내렸을 것이다. 그러나 거기 조지가 있었다. 그는 우리로 하여금 모든 파티를 시험대로 느끼게 만들었다. 우리가 시험에 통과하면 상을 받을 것이다. 우리가 레이디 슬라이고를 기분 좋게 해 주었고, 사랑스럽게 보였고, 모모 씨는 그처럼 사랑스러운 아가씨를 본 적이 없다고 말했다는 등등. 만일 실패하면 우리는 몰락에 직면했다. 맵시 없고 괴벽스러운 아가씨의 나락으로 떨어졌다. 어느 쪽이든 파티는 어마어마하게 중요했다. 그런데 왜? 이 질문은 제기할 수 없었다. 우리가 빳빳한 봉투에서 무늬 박힌 초대장을 꺼내면서 용기를 내어 "난 파티에 가기 싫은데 왜 초대를 받아들여야 하지?"라고 물으면 그는 당장 얼굴을 찡그리며 가시 돋친 말로 선언할 것이다. "너희는 너무 어려서 선택할 수 없어……" 그러고는 입을 다물 것이다. 그러다가 기분이 바뀌면 팔을 벌리고 소리칠 것이다. "나는 너희와 함께 가고 싶거든. 혼자 가기 싫으니까…… 얘들아, 갈 거지?" 의무감과 감정이 뒤섞여 진흙탕을 만들어 놓았다. 그 요동치는 소용돌이를 어머니와 스텔라의 유령이 관장했다. 우리가 어떻게 그들에 맞서 싸울 수 있겠는가?

그렇지만 이 시험대, 세심하게 치장하고 준비해야 했던 파티들이 차차 견디기 어려운 시련이 되었다. 초대장이 오면 "7월 말까지 석 주밖에 안 남았어."라고 말했다. 하지만 석 주가 다 지나기 전에, 감언이설과 은근한 암시가 이어지곤 했다. 그러다가 파티가 있는 날 저녁이 되면 전쟁이 벌어졌다. 전투에 지면 바네사는 그 악명 높은 검은색 벨벳 드레스를 입으러 성큼성큼 올라갔고, 조지는 응접실에 남아 서성이며 바네사가 그런 차림새면 데려갈 수 없다고 주장하곤 했다. 다른 아가씨들은 어디든지 파티에 초대받기 위해 추파를 던진다는 것이었다. 그 이해하기 어려운 문제로 돌아가 보자면, 조지는 우리가 그의 생각을 비판한다고 느꼈을까? 그의 마음속에서 들끓은 것은 성적 질투심이었을까? 어떻든 간에 그는 파티와 관련해서 놀랍도록 다양한 감정을 겪곤 했다. 그는 우리가 이기적이고 속이 좁다고 나무랐다. 신랄한 말로 불쾌감을 암시하곤 했다. 그는 자기 무리의 노부인들에게 불평을 늘어놓았고 그들에게 도와달라고 호소했다. 물론 그는 외부 사람들에게 자기 뜻을 이해시키는 데 성공했다. 너희가 오빠의 소망에 어떻게 저항할 수 있지? 조지 덕워스는 훌륭한 사람 아니야? 어떻든 너희가 달리 무엇을 바라겠어? 그 시절의 사교계는 완벽하게 유능하고, 완벽하게 자아도취에 빠져 있고, 무자비한 조직이었다. 어떤 아가씨도 그 송곳니에 맞서서는 승산이 없었다. 어떤 다른 욕구도, 가령 그림을 그리거나 글을 쓰려는 욕구도 진지하게 받아들여질 수 없었다. 심지어 베아트리스 신도 내가 작가가 될 생각이라고 말하자 즉시 대답했다. "당신이 앤드루 랭을 만날 수 있게 초대해 달라고 앨리스에게 부탁할게요." 내가 머뭇거리자 그녀는 나를 지독한 바보라고 생각했다.

우리의 삶은 희한하게 분리되어 있었다. 아래층은 오로지 관습에, 위층은 오로지 지성에 지배되었다. 그 둘을 연결해 주는 것이 없었다. 물론 아버지가 귀가 멀어서 젊은 작가들과 접촉하지 않았기 때문이기도 했다. 젊은 작가나 화가들은 하이드파크 게이트에 절대 오지 않았다. 윌 로센스타인은 어쩌다 아버지의 서재에 들어섰을 때 공포에 질려 버렸다. 레슬리 스티븐이 아무 말 없이 책들을 한 권씩 펼쳐서, 분명 새커리의 그림을 보여 주려고 가리켰다. 그렇지만 아버지는 자신의 지성적 태도, 옛 케임브리지의 태도를 완벽히 순수하게 간직했다. 아버지만큼 관습에 무관심한 사람도 없었다. 그처럼 속물이 아닌 사람도 없었다. 지성을 그토록 존중한 사람도 없었다. 그래서 나는 조지가 하찮은 자랑("윌리 그렌펠 부인이 내게 주말에 오라고 초대했어. 전반적으로 보아 가지 못할 것 같다고 했지…… 부인이 놀라더군…….")을 늘어놓고 있는 응접실에서 나와 책을 가지러 아버지의 서재로 올라가곤 했다. 아버지는 파이프를 입에 물고 흔들의자에 앉아 있었다. 서서히 이마의 주름살을 펴며 어떤 결론에 이르고는 내가 들어선 것을 알아차리고 아주 온화한 미소를 떠올리곤 했다. 그는 몸을 일으켜 서가로 걸어가서 책을 꽂고 "그 책을 어떻게 생각하니?"라고 부드럽고 친절하게 묻곤 했다. 나는 보스웰을 읽고 있었을 것이다. 틀림없이 18세기를 야금야금 갉아먹으며 나아가고 있었을 것이다. 그때 나를 보고 반가워했던 이 비세속적이고 매우 특출하며 외로운 남자에 대한 사랑으로 가슴이 벅차올라 나는 자랑스럽고 고무된 기분으로 응접실에 돌아가서 조지가 지껄이는 말을 듣곤 했다. 아래층과 위층 사이에는 아무 관계도 없었다. 깊은 괴리가 있었다.

그 배경에 위대한 인물들이 있었다. 메러디스, 헨리 제임스, 와츠, 번존스, 시지윅, 홀데인, 몰리. 하지만 그들과 다시 친밀한 관계를 유지한 것은 아니었다. 그들에 대한 기억은 생생하지만 멀리서 크게 떠오르는 인물들일 뿐이다. 탤런드하우스의 층계참에서 보았던 사이먼즈의 모습이 지금도 생생히 떠오른다. 나는 그의 누런 주름투성이 얼굴을 내려다보았고, 넥타이 삼아 맨 노란 끈에 매달린 노란 플러시 방울 두 개를 주시했다. 우르르 울리던 메러디스의 목소리가 생각나고 그가 꽃을 가리키며 "자줏빛 속치마를 입은 처녀"라고 말했던 것이 기억난다. 우리가 격식을 차려 위대한 인물들을 방문했던 일은 더 또렷이 생각난다. 아버지와 어머니는 위대한 인물들을 존경했다. 우리는 명예롭게 특권을 받았기에 깊은 인상을 받았다. 메러디스가 레몬 조각을 찻잔에 떨어뜨렸던 일이 기억난다. 와츠가 큰 사발에 든 휩크림과 다진 고기 요리를 먹었던 일이 기억난다. "그분의 수염이 크림에 빠지기 전에 내가 그분께 입을 맞췄단다."라고 어머니가 말했다. 그는 긴 회색 가운을 입었는데 소맷부리에 프릴이 달려 있었다. 우리는 일요일 아침마다 리틀홀런드하우스에 갔다. 로웰의 긴 편물 지갑은 고리 두 개로 묶여 있었는데 6페니 동전이 늘 그 틈새로 빠져 나왔다. 으르렁거리던 메러디스가 기억난다. 헨리 제임스는 어물어물하며 어렴풋한 묘사로 응접실을 풍부하고 어스레하게 만들었다. 위대함이란 지금도 내게는 실재하는 자질로 보인다. 우렁차게 울리고, 괴팍하고, 두드러진 그 어떤 것으로 내 부모는 충실하게 나를 이끌어 갔다. 그것은 육신으로 존재하다. 그것은 말과는 전혀 관련이 없다. 그것은 어떤 사람들에게 존재한다. 하지만 지금은 존재하지 않는다. 어린 시절 이후로 나는 위대함을 느껴본 기억이 없다.

거기 응접실 끝에 이 위대한 사람들이 있었다. 반면에 다탁 주위에서는 조지, 제럴드, 잭이 우체국이나 출판사, 법정에 대한 얘기를 나눴다. 다탁 옆에 앉은 나는 도무지 연결을 지을 수 없었다. 상이한 세계가 아주 많았다. 내게는 멀리 떨어진 세계였다. 나는 그 세계들을 하나로 결합할 수 없었고, 내가 그 세계들과 접촉한다고 느낄 수도 없었다. 그러면서 젊은 시절의 많은 시간을 안절부절못하고 그 세계들을 견주며 보냈다. 의심할 바 없이, 주의를 산만하게 하는 그 여러 세계의 차이점들은 교육 수단으로서, 상반되는 것을 보여 주는 방법으로서 쓸모가 있었다. 왜냐하면 나는 그리스어를 공부하려고 자리에 앉자마자 이내 조지의 주장을 들으러 불려가곤 했던 것이다. 그러다가 서재로 올라와서 독일어를 읽으라는 말을 들었다. 그러고 나면 키티 맥스의 화려한 세계가 와서 부딪치곤 했다.

옮긴이
이미애

현대 영국 소설 전공으로 서울대학교 영문학과에서 박사
학위를 받았고 같은 대학교에서 강사 및 연구원으로 활동했다.
조지프 콘래드, 존 파울즈, 제인 오스틴, 카리브 지역의 영어권
작가들에 대한 논문을 썼고, 옮긴 책으로는 버지니아 울프의
『자기만의 방』과 『등대로』, 조지 엘리엇의 『아담 비드』, J. R. R.
톨킨의 『호빗』, 『반지의 제왕』(공역), 『위험천만 왕국 이야기』,
『톨킨의 그림들』, 토머스 모어의 서한집 『영원과 하루』, 리처드
앨틱의 『빅토리아 시대의 사람들과 사상』 등이 있다.

지난날의
스케치

1판 1쇄 찍음 2019년 11월 29일
1판 1쇄 펴냄 2019년 12월 6일

지은이 버지니아 울프
옮긴이 이미애
발행인 박근섭, 박상준
펴낸곳 (주)민음사

출판등록 1966. 5. 19. 제16-490호
서울특별시 강남구 도산대로1길 62(신사동)
강남출판문화센터 5층 06027
대표전화 02-515-2000 팩시밀리 02-515-2007
www.minumsa.com

ISBN 978 89 374 2960 6 04800
ISBN 978 89 374 2900 2 (세트)